蒲公英少女

ダンデライオン

中田永一
鍾雨璇　譯

Dandelion

Nakata Eiichi

目錄

序章 005
第一章 009
第二章 051
第三章 093
第四章 149
尾聲 217

序章

第一章

第二章

第三章

第四章

尾聲

序章

第一章

第二章

第三章

第四章

尾聲

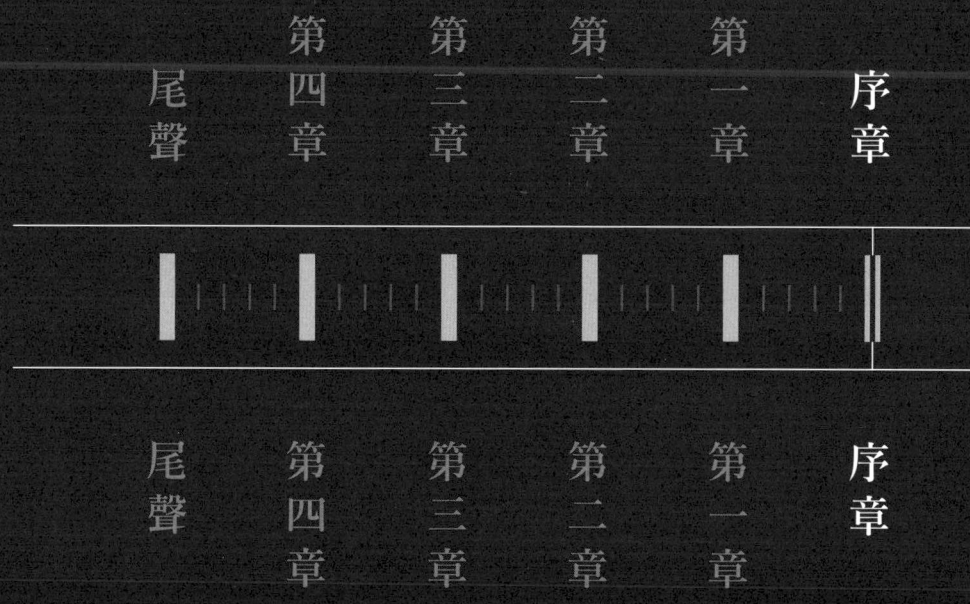

二〇一九

下野蓮司看向手表，確認日期已換日。現在是二〇一九年十月二十一日零點，從車站延伸而出的步道上，有一座噴水池。他就坐在噴水池旁的長椅上，等待啓程的瞬間。

沐浴在路燈光線下的腳邊，雪白絨毛隨著晚風飄飛而去。儘管夜色深沉難以辨識，不過，上空應該飄蕩著無數純白的蒲公英絨毛。根據推測，可能是某處有大量生長的蒲公英，無數的白色絨毛便是從那裡乘風而起，漫天紛飛。目前還不是蒲公英的季節，學者認爲是受到氣候異常的影響。二十年前也曾發生相同的現象。

遠方傳來警車的警笛聲，以及追逐戰中的警察透過擴音器，要求無視交通號誌的車輛停車的告誡聲。蓮司從口袋取出紙條。轉動身體時，拉扯到貼在肚子上的膠帶，帶來些微刺痛。

紙條是從小學時代用的筆記本撕下的一頁，上面是匆匆寫就的潦草文字。由於反覆讀過好幾遍，紙張已起皺。

2019-10-21　0:04

在長椅等待

巡邏車警笛鳴響
狗叫三聲
背後遭人毆打

蓮司低頭確認手表，零點三分，距離紙條上所寫的時間，只剩幾十秒。
警車的警笛聲逐漸遠離，最後消失在耳中。
接著不知從何處傳來狗叫聲，正如紙條所寫。
一次、兩次……
最近不太常看到野狗，應該是誰家養的狗。可能是附近有人深夜出來遛狗吧。
又傳來一聲狗叫……
第三次的狗叫之後，四周再度歸於寧靜。
他並非心存懷疑，不過事情確實依照紙條內容發展，讓他鬆了口氣。
如果事情沒按照紙條內容發展，該怎麼辦？他多少有點不安。
蓮司感到背後似乎有人。有人刻意壓低呼吸，避免接近時遭到察覺。接下來毆打蓮司頭部的是年輕的三人組，目的是搶劫他身上的財物。這件事他先前就知道了。紙條上雖然沒描述得這麼詳細，但他曾直接從目睹一切的人口中聽聞經過。
他和這三人並無恩怨，今晚在此被盯上，完全是偶然。約莫是年輕人經過，看到蓮司坐在長椅上毫無防備的樣子，於是起意下手。

其中一人拿著棒狀武器，從背後接近，朝蓮司的後腦杓一揮，造成讓腦袋暈眩的衝擊。蓮司滑落長椅，身體無法動彈。他們從蓮司的手上拔走手表，掏摸他的西裝口袋，找到皮夾拿出來的時候，傳來一陣叫喊聲。他們以爲有人呼喚警察，連忙逃離現場。

倒在長椅旁的下野蓮司已失去意識，手中的紙條隨風飛逝，消失在某處。

序章

第一章

第二章

第三章

第四章

尾聲

序章

第一章

第二章

第三章

第四章

尾聲

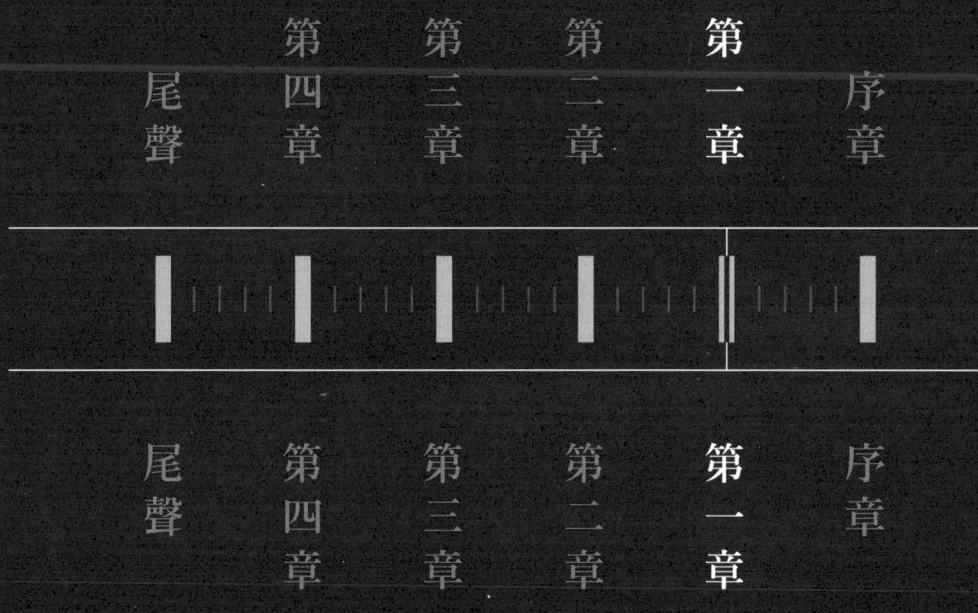

二〇一九

睜開眼睛之後，我有一段時間處於茫然狀態，只是盯著透進窗簾縫隙的光線，過一會才突然浮現疑問：這是哪裡，我到底睡了多久？我躺在沒見過的房間的床上，聞得到藥用貼布的氣味。從房間的格局來看，應該是病房。

我試著起身，後腦杓卻傳來劇烈疼痛。我的頭上包著繃帶，而且全身沉重，充滿倦怠感。我忍受頭部的痛楚，坐在床邊。試著回溯最後的記憶，猜想我大概是昏了過去，被帶到醫院。比賽後來怎麼了呢？

我清楚想起打者擊出的球筆直飛向自己的瞬間。白色球體逼近眼前，我急忙伸出手套，卻沒能及時接住。少了我之後，是誰接手投球？球明明是飛到面前，卻是後腦杓陣陣作痛，實在令人納悶。恐怕是跌倒時，頭撞到地面了。真想向教練和隊友道歉，難得的練習賽，我卻沒能一起奮戰到最後。

我瞄到手臂和胸口，察覺不太對勁。如果是在比賽途中被送到醫院，我身上穿的應該是平常的球隊制服，但我的袖子是白色的襯衫袖子。襯衫配上深藍色西裝褲，完全是陌生的服裝。

我試著站起，想要確認全身的穿著。腳底踏上冰涼的地板，伸展身體後，我的視線不斷上升，強烈的異樣感讓我不禁抓住床緣。站直後，我的視線高度比平常高，有種「要掉下去了！」的錯覺。

大概是剛才不自覺發出聲音，病房的門忽然打開，護士探進頭。

「太好了，你醒了。不過，還是得好好休息。」

護士來到我的身邊。

「你記得自己的名字嗎？」

「我的名字是下野，下野蓮司……」

剛睡醒的嗓音有點沙啞。

「請問……教練呢？比賽後來怎麼了？」

護士露出詫異的表情，她腕上的手表顯示爲十點五十分。

「我得回學校了。」

比賽也許已結束，不過這個時間大家應該都還留在學校操場上。

「不行，大腦的電腦斷層掃描檢查雖然看起來沒有問題，但保險起見，你今天必須靜養，確認後續狀況。此外，警方下午也會過來。」

警察？爲什麼？而且，我有點在意另一件事。護士明明是大人，身高卻只到我的胸口，彷彿全世界都稍微縮水了。不對，難道是我變大了？

「咦，奇怪？這是什麼情況……？」

我確認自己的雙手。和記憶相比，手指顯得更長、更骨格分明。

「你還好嗎？」

護士似乎很擔心。房間角落的牆壁上掛著鏡子，我踩著不穩的腳步走過去。不熟悉的視線高度讓我覺得暈眩噁心。站到鏡子前，映出的卻是別人的臉。我吃驚地遠離，然後再次小心翼翼地探頭望向鏡子。不對，這就是我的臉。看起來像別人的臉，是輪廓五官都變成熟的緣故。雖然被繃帶蓋住，不過頭髮看得出有一定長度。我明明是看得到頭皮的平頭，繃帶下卻是有一定長度的頭髮。

護士從身後走近，透過鏡子和我對上視線。

「你似乎是昨晚坐在長椅上，遭人襲擊。現在你應該感到十分混亂吧。」

「不，不對……」

「咦？」

「妳說的不是我，我不知道那是誰。之前我是在打棒球的練習賽……」

我向護士說明自己還是小學生，是在少棒隊的練習賽上，被對手擊出的球打中，醒來之後突然長高，變成大人。護士從頭到尾都是一臉詫異。

護士帶來穿白大褂的中年男子，他的胸口別了寫著「加藤」的名牌。醫生坐在床邊的椅子，確認我的身體狀況。他俐落地爲我檢查眼睛充血的情形及脈搏。

「頭呢？會不會刺痛？」

「只要動作放慢，就不太會痛。」

「請說說看自己的年齡。」

「十一歲……」

醫生偷偷和護士交換眼神。儘管鏡中的我一副大人的模樣，但我也只能這麼回答。醫生露出凝重的表情。

「可能是記憶出現混亂。」

「記憶……？」

「你記得的最後一個畫面是什麼？」

「我在打棒球。」

「你還記得當時是西元幾年嗎？」

「一九九九年。」

「也就是說，你失去了二十年的記憶。」

「呃，什麼意思？」

「現在是西元二〇一九年，你的頭部遭人毆打，發生記憶障礙。你可能覺得自己不知何時變成了大人，不過實際上，你只是想不起這二十年之間的事情而已。」

我耗費不少時間，才理解自身的處境。由於頭部外傷引起的健忘狀態，也就是所謂的喪失記憶，醫生如此向我說明。

消失的二十年分記憶去哪了呢？那些記憶還在我的大腦某處嗎？

根據過往的案例，似乎也有人突然成功回想起一切。我壓抑著不安想哭的衝動，望向病房的窗外。

「……這是哪裡？」

「這裡是東京，東京的新宿。」

「新宿?!」

我湊近窗邊，眺望窗外的景色。灰色天空下，林立著玻璃帷幕的大樓。我不曾到東京旅行，至今只在電視上看過，實際呈現在眼前的遼闊街景，讓我大吃一驚。

即使醫生說這是記憶障礙，我仍難以接受。直到剛才為止，我都只是小學生，現在卻突然有大人的身體，還跑到東京來，簡直是莫名其妙。

「你記得家人的聯絡方式嗎？可能需要先知會他們一聲。」

我告訴醫生家裡的電話號碼，醫生從白大褂的口袋中，拿出手掌大小的黑色板子。

「那是什麼？」

我十分在意，忍不住出聲詢問，醫生和護士同時露出「咦？」的表情。根據他們所說，黑色板子似乎被稱爲智慧型手機，類似行動電話。

「不知道這是什麼的人，現在大概很少見了。你還是小學生的時候，流行的應該是摺疊式的行動電話吧。」

醫生操作板狀的機械，以手指碰觸前面的螢幕，畫面就如變魔術般切換，簡直像科幻電影裡的道具。醫生輸入電話號碼，但馬上搖了搖頭。

「不行，這似乎是空號。」

「咦，怎麼可能……」

「說不定這二十年之間，你的老家已搬遷，電話號碼也跟著換了。這應該不是東京的區碼吧，你的老家是在哪個縣？」

「宮城縣，我們家在宮城縣海邊的城鎮。」

直到剛才，小學生的我都住在那裡。我記得夾雜在風中的海潮氣味。父母和附近居民相處融洽，難以想像會搬家。

「東北沿海……」

護士喃喃低語，似乎想說什麼。不過醫生看著她，彷彿在阻止她吐出下一句話，這樣的氣氛讓我有不祥的預感。

「怎麼了嗎？」

醫生聳聳肩。

「沒什麼。聯絡你家人的事情，就先暫緩吧。對了，有東西必須交給你。請把那個東西拿來。」

護士點點頭走出病房，很快又返回。

只見她的手上拿著A4大小的厚厚信封。

「下野小弟，你對這個有印象嗎？」

醫生讓我看了信封，我搖搖頭。

「這個原本貼在你的肚皮上。」

「我的肚皮上？」

仔細一看，信封其中一面貼著封箱膠帶，就像曾被膠帶固定在某處，然後再撕下來一樣。護士應別人的呼喚離開，病房內只剩下我和醫生。

「急救人員將你抬上擔架的時候，注意到這個信封。你的東西都被搶走了，唯獨這個信封平安無事。當初先拆下信封保管起來，我們都沒看過內容物。」

我接過信封，是裡面貼著氣泡的緩衝信封袋。信封又厚又重，彷彿裝了鉛筆盒，封口沒有開過的痕跡。

「我為什麼會把這種東西貼在肚皮上呢？」

「我們也想問同樣的問題。」

犯人搶走我所有的東西，只有信封留在身上，大概是犯人沒注意到吧。也許長大的我，為了防止在東京遭壞人襲擊，平常就把重要的東西貼在肚皮上才外出。東京說不定就是這麼可怕的地方。

我以手指撕破信封上方的開口，確認內容。裡面裝著一張信紙、幾張紙鈔，及一台卡式錄音機。我把東西攤在病床上，紙鈔共有三張，全是萬圓鈔票。我拿起信紙，讀完上面的文字。見我一副困惑的模樣，醫生出聲詢問：

「能讓我看看嗎？」

「呃，這個嘛……」

「如果不方便也沒關係。」

「不，請務必過目。這封信是給加藤醫生的。」

我將信紙遞給一臉詫異的醫生。他的目光掃過內容，皺起眉頭。

加藤醫生：

附上頭部電腦斷層檢查等費用，請查收。

下野蓮司　敬上

我確認在眼前重讀信紙內容的醫生胸前的名牌，上面的名字確實是「加藤」。然而，我寫下這封信時，不可能事先知道他會成爲我的主治醫生，畢竟這封信只可能是在我頭部挨打之前寫下的。

「這到底是怎麼回事……？」

醫生非常困惑。這件事實在難以單純用失憶來解釋，讓人覺得有點毛骨悚然。

陷入沉默的病房響起敲門聲，接著護士打開房門。

「加藤醫生，能請你來大廳一趟嗎？」

「嗯，知道了。」

醫生把信紙還給我，站起身。

「我馬上回來。」

醫生說完就離開了病房。

好了，現在該怎麼辦？被單獨留下的我無事可做，於是拿起錄音機。錄音機的部分外殼是透明的，看得到裡面裝著卡帶，按鍵的配置和老家的舊錄音機大同小異。按下播放鍵，隨著清脆的觸感傳出一段男性的聲音。

你好，下野蓮司。

這是誰的聲音？我認不出來。

你可能正一頭霧水，我非常明白你的心情。

我以前也有同樣的經驗。

眞的假的？我不認爲有這種經驗的人會很多。

不過，這個聲音總覺得好像聽過，又好像沒聽過。

一言難盡，但你並非如加藤醫生所說，發生了記憶障礙。

你確實是十一歲的下野蓮司。

起因應該是在練習賽中遭球擊中頭。

針對這個現象，我試著多方進行推測。

不過，我現在沒辦法慢慢說明，

再過不久，就會有人去病房接你。

十一歲的下野蓮司，請你套上鞋子，穿起掛在牆上的西裝外套。

床邊放著一雙皮鞋，牆上則有衣架掛著一件外套。在卡帶留下錄音的人，難道已看過這間病房？看過這個房間的人相當有限，如果不是加藤醫生和護士，又會是誰？

順帶一提，我已過了變聲期，錄下來又會像別人的聲音，所以你大概沒發現：我就是你。

我是長大的下野蓮司。

我在十一歲的時候，經歷過你現在的狀況。

因此，我自認非常明白你內心的混亂。

怎麼回事？我完全不懂他在說什麼。錄音機裡的聲音自稱是我，可是我實在不覺得對方神智清楚。

傳來一陣敲門聲，我以爲是醫生回來了，門一開，探頭進來的卻是不認識的女子。

「蓮司……！」

對方呼喚我的名字。

一看到坐在床邊的我，她彷彿鬆了口氣，目光變得柔和。

錄音機繼續說著：

她是你的熟人，

跟著她走吧，

她會為你帶路。

你和她會相處很長一段時間，

盡量不要惹她生氣喔。

出了病房後，我一邊穿上西裝外套，一邊通過醫院走廊。外套和少棒隊的制服不同，袖子內側的質地感覺滑順無比，手臂順暢地滑進袖子。

剛剛造訪病房的女子走在前方，不時回頭確認我有沒有跟上。她到底是誰？離開病房之際，她收走了錄音機，將信紙和紙鈔都留在病床上。

我們和數名護士擦身而過，其中一人看到我的臉後，視線一直跟著我。該不會被發現了？我走下階梯，朝下面的樓層移動。每踏出一步，纏著繃帶的頭部就會隱隱作痛。

「蓮司，這邊。」

不知來歷的女子向我招手，推開醫院的後門。這是她第二次喊我的名字，不過感覺得出她經常呼喊這個名字。

出了後門，我們踏進兩側都是平滑牆壁的狹窄小路。這家醫院似乎有好幾棟大樓，互相藉由走廊連通。

「車子停在附近。」

跟著她走的時候，頭上的繃帶逐漸鬆開。爲了避免繃帶拖到地上，我不斷伸手捲起繃帶，注意到在空中飄舞的白色絨毛，胸口不知爲何充滿不可思議的心情。在病房醒來之前，少棒隊的練習賽上，也有不少蒲公英的絨毛在空中飛舞。儘管得知身在二十年之後，但感覺上彷彿就是同一天。

停車場停著好幾輛車。來接我的女子拿出鑰匙，按下按鈕，其中一輛車發出電子音，閃爍起車燈。車款是看起來速度很快的雙人座小型車。她打開駕駛座的車門，坐進車內。

「蓮司，快上車吧。」

我怯生生地打開副駕駛座的車門，繫好安全帶。她一手放在方向盤上，視線落在我身上，似乎十分擔心。

「頭不要緊了嗎？」

她伸手想碰我的後腦杓，我不由自主地往後縮，於是她收回手。

「我是西園小春，東西南北的西，動物園的園，和小小的春天的小春。」

「我是下野蓮司，漢字寫出來是……」

「我知道。」

「呃？」

「我知道喔。」

她瞇眼揚起笑容，流露出注視家人般的親密感。我驚訝地發現她眼中帶淚，眼圈微微泛紅。正當我不知所措的時候，她接著說：

「對不起，你別在意，我只是有點開心而已。對蓮司來說，我們今天是第一次見面吧。我第一次出現在你的人生中，就是從這裡開始。想到這一點，我就忍不住感慨。今後請多多指教，蓮司。」

自稱西園小春的女子發動引擎，駛出車子。頭上鬆開的繃帶，在搭車時脫落。透過後照鏡可看到掉在地上的白色繃帶，隨著車子加速逐漸遠離，迅速消失在視野中。

車子脫離都市的巷弄之後，開上高速公路。我偷覷自稱西園小春的女子一眼。她很漂亮，令我想起放在老家玄關的白色陶瓷裝飾品。那是母親不知在哪裡買的紀念品，模樣是嬌小優雅的女性人偶。她和那個人偶十分相似。

「請問……妳認得我？妳到底是……」

「我當然認得你，而且從很久以前，我就知道蓮司今天會發生這種狀況。你會在那家醫院醒來的事情，我也聽你親口說過，接下來還會結婚喔。」

「妳要結婚嗎？」

「是呀。」

「那眞是恭喜了。」

她開著車，露出詫異的神色，瞥了我一眼。

這個名爲小春的女子，似乎馬上就要結婚了。

「雖然你說得事不關己，不過要結婚的就是我和蓮司。我們只剩下請證人在結婚申請書上簽名的手續而已。」

她操縱方向盤變換車道。隨著車子進入隧道，橘色燈光透進車內，在她的戒指上映出反光。

一九九九

他在被窩中確認時間。現在是十點十五分，今天是星期日，就算在棉被裡多窩一會，應該也不會怎樣，乾脆一路睡到中午吧。下野眞一郎昨晚熬夜玩遊戲。在開始玩遊戲之前，姑且爲了高中入學測驗，讀了五或十分鐘左右的書。距離大考還有半年以上，所以現在不用太認眞。

樓下傳來母親講電話的聲音。雖然聽不清對話的內容，但聽得到母親發出「咦」和「怎麼會」等吃驚的聲音。他頗爲在意，於是爬出被窩，戴上眼鏡走下樓。

家用電話機設置在家裡的一樓。母親講完電話，正要掛上話筒。

「發生什麼事？」

「聽說蓮司昏倒了。」

「昏倒？怎麼會？」

「好像是被打者擊出的球打到頭。」

眞一郎有個名叫蓮司的弟弟，就讀小學五年級，今天應該是和隔壁鎮的球隊進行練習賽。眞一郎在房內玩遊戲的時候，隔壁房間的弟弟已爲了翌日的比賽，早早發出鼾聲。

眞一郎對運動沒有興趣，體育成績一向上不了檯面，蓮司與他相反，是擅長運動，讀書卻完全不行的類型。弟弟並非頭腦不好，而是他的眼裡只有棒球。

「雖然比賽還沒結束，不過教練說現在要開車帶他回來。原本是要帶他去醫院，但蓮司想在家裡休息。」

弟弟似乎是在投手丘上倒下，短暫失去意識。焦慮的母親在家裡不停走來走去，父親剛好外出去附近的便利商店買菸。

餐廳桌上擺著眞一郎的早餐，盤子以保鮮膜封著。眞一郎放進微波爐加熱，突然感到有點奇怪。

以前蓮司曾感冒無法出賽。明明必須在家裡休息，弟弟卻爲了替隊友加油，偷偷溜出被窩，跑到比賽會場。對棒球如此熱中的弟弟，沒辦法投到最後，竟不看完比賽就回來，難道是頭部的傷嚴重到讓他沒心力替隊友加油？

眞一郎扒起熱呼呼的飯和燉芋頭。雖然叫燉芋頭，其實類似豬肉味噌湯。外面傳來車子的動靜，眞一郎停下筷子趿拉著拖鞋走到外面，忽然有白色絨毛飄過，原來是蒲公英。幾天前，無數絨球乘風飛過日本列島的上空。漂亮歸漂亮，沾附在晾好的衣服上，似乎讓母親深感困擾。

少棒隊教練的輕型車停在家門前，母親向駕駛座上的教練打招呼，雙方都是一副誠惶誠恐的樣子。後座的車門打開，平頭上頂著冰袋，穿球隊制服的蓮司走了出來。他的身高比眞一郎矮許多，手拎插著球棒的後背包。

「蓮司，你的頭還好嗎？」

「老哥……！」

蓮司看著眞一郎，噗哧一笑。眞一郎搞不懂哪裡好笑。

「幹麼啦。」

「抱歉，沒事。」

蓮司看著母親時，也一直面帶笑容。來到下野家的木造房屋前，他停下腳步。

「怎麼了嗎？」

「嗯，我只是在想，房子還在這裡。」

「當然，這是我們家啊。」

蓮司望著房子，像是要將一切細節烙印在腦海裡。教練向母親說明完事情經過，就開著輕型車返回比賽場地。車子消失在視線範圍後，眞一郎問蓮司：

「比賽沒看到最後，這樣好嗎？」

「我很在意，不過今天有別的事要忙。」

弟弟走進家門，在玄關脫下鞋子後，盯著白色陶瓷裝飾品好一陣子。接著，他步向洗手間，自動自發地梳洗滿是泥巴的手和臉。眞一郎和母親互望一眼，看來母親也覺得蓮司不太對勁。

蓮司脫下鞋子後，老是一左一右地隨便亂丟，然而，此刻棒球釘鞋卻在玄關排得整整齊齊。結束棒球練習回到家，蓮司往往會因不洗手挨罵，可是剛才洗手間甚至傳出漱口聲。

「蓮司今天眞乖巧。」

「搞不好是打到頭，腦袋變奇怪了。」

眞一郎對母親這麼說。

蓮司洗過臉，環顧天花板和走廊，指尖撫上柱子的傷痕，不知爲何，隱約流露懷念的神情。

玄關大門打開，父親從便利商店回來，手上的塑膠袋裝著香菸和報紙。由於平常訂閱的報紙今天休刊，他才出門去買報紙。

「爸，歡迎回來。」

「我回來了。蓮司，你今天不是有比賽嗎？」

母親向疑惑的父親說明情況。一旁的蓮司從塑膠袋中抽出報紙。印象中弟弟從來不曾對報紙有興趣，所以眞一郎湊近弟弟，跟著看報紙。只見大幅報導了槍枝走私的新聞，還刊出警方從走私船上查獲的小型手槍的照片。不過，蓮司的目光落在報紙的日期上。

一九九九年四月二十五日。

弟弟心滿意足地點頭，摺起報紙。

× × ×

下野蓮司走上樓梯，步入自己位於二樓的房間。房間內盡是令人懷念的家具和小東西。貼著貼紙的書桌、陳舊的書包、簽名棒球，蓮司很想一一回味，可惜沒有時間。

他首先找起文具和筆記本。搬開亂堆的課本後，發現一次也不曾用過的筆記本。看到筆記本封面，他忍不住心生感慨。

他很清楚這一筆記本今後將為自己及周圍的人們帶來莫大的影響，並與他們的未來息息相關。

蓮司翻開筆記本的封面，在空白的第一頁匆匆寫下幾行字：

2019-10-21　0:04
在長椅等待
巡邏車警笛鳴響
狗叫三聲
從背後遭人毆打

他列出方才經歷的事情。想趁忘掉前趕快寫下來的衝動，讓他忍不住振筆疾書。不過冷靜一想，他根本不可能忘掉。畢竟這幾行字他早就讀過好幾遍，甚至能倒背如流。

睜開眼睛的時候，他躺在棒球場的投手丘上。教練和隊友都擔心地湊過來，放眼望去都是令人懷念的面孔，他忘了頭部的痛楚不自覺地笑起來，反而讓教練更擔心。

「你還好吧，蓮司……」

變成十一歲的身體，蓮司並未感到困惑，畢竟他早就知道會發生這樣的情況。比賽由同年級的隊友接替走下投手丘的蓮司，繼續投完比賽。他知道隊友雖然接下來會被對手拿下好幾分，但依舊挺過滿壘危機，帶領隊伍取得勝利，因爲他已聽說這天比賽的經過。

蓮司環視自己的房間。如果能花今天一整天，仔細回味少年時代，不曉得該有多好，然而，他有非做不可的事情。爲了打理行囊，他清空背包。拿出水壺、毛巾和棒球手套的時候，手套的皮革氣味讓他的鼻子一陣發癢。蓮司把臉埋進手套，深吸一口氣。

響徹高空的清脆擊球聲，投出的球收進捕手手套的聲音。

踢蹬地面，邁步奔跑，捕捉逐漸落下的球。

各種畫面在蓮司的腦中閃現。

這個時期，他每天都義無反顧地追著棒球跑，在內心描繪著成爲棒球選手的夢想，相信努力一定會得到回報。想起這些點點滴滴，他胸口一緊。

×　×　×

換了一身便服的弟弟走下樓梯，將沾滿泥巴的制服丟進更衣處的洗衣籃。看到眞一郎在客廳玩掌上型遊戲機，弟弟出聲叫他：

「老哥，你能借我錢嗎？」

蓮司拉開魔鬼氈式的皮夾給他看，裡面驚人地空空如也。

「才不要，你借錢做什麼？」

「我待會想出一趟遠門，沒錢什麼都做不了。」

「你還是回去睡覺吧。其實，眞要說起來，你應該去醫院，而且我剛買了遊戲，手邊沒錢。」

一臉煩惱的蓮司開闔皮夾，發出啪哩啪哩的聲響。他重複這樣的動作好一陣子，瞥見眞一郎手上的遊戲機，雙眼頓時發亮。

「太讓人懷念了！那是ＷＳ掌機（註一）吧？」

「什麼懷念不懷念的，這個上個月才剛發售。」

眞一郎已有Gameboy掌機和ＮＧＰ掌機（註二），爲了玩一款遊戲《GRUNPEY》，才又買了ＷＳ掌機，自然沒錢借弟弟。蓮司理得短短的平頭湊近，端詳ＷＳ掌機的畫面。

「咦，畫面是黑白的嗎？啊，彩色版沒這麼快發售……」

眞一郎無視碎碎念著莫名話語的弟弟，繼續玩《GRUNPEY》，沒多久弟弟就離開了。儘管父母的房間傳出聲響，眞一郎並未多加留心。

過了一會，外面傳來談話聲。眞一郎轉向窗外，只見蓮司和父親在交談。父親正拿掃把清掃庭院，蓮司揹著背包、牽著腳踏車。然後，蓮司向父親揮手，跨上腳踏車出門了。

「蓮司那傢伙去哪裡？」

眞一郎詢問回到家中的父親。

「他說要去幫助別人。」

「幫助別人？」

「說是回來可能很晚了，叫我們不用擔心。」

「那傢伙被打到頭以後，感覺就變得怪怪的。」

「果然還是該攔下他才對……」

父親露出後悔的表情。

下午，母親準備要去買東西，嚷嚷著怎麼找都找不到錢包。眞一郎才想到說不定是蓮司拿走的。之前父母房間傳出的聲響，或許就是蓮司在翻找母親的皮夾。於是，眞一郎向母親報告了這件事。

註一：WonderSwan，由日本萬代公司於一九九九年推出的掌上遊戲機。

註二：Neo Geo Pocket，日本遊戲公司SNK於一九九八年推出的掌上遊戲機。

「眞是的，這樣我不就沒辦法用車了嘛！」

母親的駕照放在皮夾裡，所以只要蓮司不回來，母親就沒辦法開車去買東西。母親氣勢洶洶地表示，等蓮司回來要好好罵他一頓。然而，過了傍晚，到了深夜，外面燈火全部熄滅，變成一片漆黑，蓮司都沒有回家。

二〇一九

我陷入混亂。一旁開車的女子自稱西園小春，表示不久後就要和我結婚。我們明明是初次見面，卻要馬上結婚？不對，她似乎從以前就認識我了。我的腦袋實在跟不上。少棒隊的隊友裡，也沒一個和女生交往過的。說起來，大家一提到女生就覺得不好意思，連聊都沒聊過，結婚根本是另一個世界的事情。

我抓緊安全帶，覺得不抓住什麼就會感到不安。車子在高速公路的隧道內奔馳。

「安心吧，我拜訪過蓮司的爸爸媽媽了。」

「你們見過面？」

「還一起吃了飯，你哥哥也在。」

「大家都在？」

「嗯。」

「剛才打電話回老家，可是沒打通。」

「因爲發生了很多事，不過大家都過得很好。」

「太好了……」

一睜開眼，就發現自己突然被扔到陌生的環境，我一直處在難以放心的狀態。光是聽到有人見過我的家人，我就莫名湧起一股安心感。儘管對方可能是在撒謊，不過總覺得她說的是眞心話，而且一般人應該不會知道我有哥哥。

「可是，到底爲什麼會變成這樣？」

「把錄音帶的後續聽完吧，裡面會說明。」

她從放在膝上的皮包中摸出錄音機，按下播放鍵，一時之間沒傳出任何聲音。

高速公路的隧道內也有分岔口和匯流處，前後車輛交錯而過。每輛車的速度都差不多，看起來就像靜止一樣。錄音機終於傳出聲音。

如今回想起來，已是很久以前的記憶了。

不過，我依稀記得在車裡的對話。

你長大後，會在某個時間點與她重逢。

結婚倒是最近才決定的。

但我先來說明時間跳躍現象。

你大概會在傍晚脫離那副身體，回到原本的身體。

在那之後的二十年，直到今天這個日子到來，每一天你都會想著這不可思議的一天。

我們的意識會穿越時空，應該是頭部受到衝擊所造成的。

在少棒隊的練習賽上，站在投手丘上的你，被對手打出的球擊中頭部昏倒。

當時，你的大腦中錨定時間的部分損壞，導致意識變成容易脫離時間軸的狀態。

聽不懂的我看向小春，她只是聳聳肩。

「我也聽不懂，所以別在意。」

奔馳在我們前方的車輛載著銀色的桶狀鋼瓶，我們的車影映在鋼瓶後方的弧面上，看上去彷彿空間軟綿綿地扭曲起來，呈放射狀的隧道燈光被吸入其中。

錄音機的聲音繼續說下去。

我們的意識就像是一邊觀測世界，同時緊緊沿著時間軸，行駛在高速公路上的車子。想像你搭的車子以高速發生衝撞，你的身體被拋出車外。

由於受到衝擊，你在空中飛舞，宛如蒲公英的絨毛。

這個時候，你發現一輛在高速公路上奔馳、駕駛座空無一人的熟悉車子，於是跳進車裡。

這就是我們目前的狀態。

你的意識因為被球擊中而彈離身體，發現二十年後的今天的我的身體，並鑽了進去。

你可能已聽說，昨晚我的頭部也受到類似的衝擊，所以意識被彈出肉體，剛好處於相同的狀態——也就是空無一人的車子。

跨越二十年的時空，你發現了我的身體，我發現了你的身體，然後我們交換了身體。

交換身體？我困惑地摸著腦袋，感受到長長的頭髮滑進指縫。由於平常頂著平頭，過長的髮絲讓我有點煩躁。

我們互換了一天。

這麼想應該會比較容易理解。

小時候的我和長大後的我，交換了一天的身體。

某天我們偶然撞到頭，身體就在那天互換了。

我有一件事情，需要利用少年時代的這一天來處理。

十一歲的你，請借我身體一用吧。

當你的意識回到原本的時代，你應該會在一個有點偏僻的地方。

記得當我回到小時候的身體時，莫名呈大字形躺在田裡。

為什麼會躺在那種地方，現在的我也不太清楚。

畢竟以我的觀點來看，那是接下來才要進行觀測的時間範圍。

你的身體並未受到什麼嚴重的傷害，所以你大可安心。

十一歲的我，接下來你應該會思考起人生的意義。

不過，請你不要認輸。

不要中途放棄，請一直堅持下去。

之後，錄音機陷入沉默，雖然仍在轉動，但似乎沒錄下更多聲音。

車子駛出高速公路。行經收費站的時候，車子不曾停下付費，而是直接通過。只見閘門自動開閉，汽車導航以近似人聲的嗓音報出支付的金額。

「這樣啊，一九九九年ETC尚未普及。」

看到吃驚的我，小春說道。ETC是什麼？

車子在一般道路上奔馳一陣子。

「到了。」

擋風玻璃之後，一整片高樓大廈緩緩展現在我的面前。車子開進一棟特別高的大樓地下停車場。一排排停在停車場的車輛上，盡是我沒看過的品牌標誌。

「請問這裡是……？」

「我們的家。我們住在這裡。」

小春把車停在停車位。家？對我來說，家是像老家那樣的木造獨棟透天厝，我根本沒辦法想像自己住在這種地方。

我們搭電梯上樓，顯示在屏幕上的樓層數字在跳到35時停下。我們走過柔和燈光籠罩的走道，小春打開位於盡頭的房門。

「不知道是幾年前的事情了，當初準備同居的時候，我們心一橫，直接買下這棟高級公寓的一戶。我拿出廣告冊子時，蓮司說：『我記得這棟大樓，以前我曾被帶到這裡。』來吧，請進。」

一進門，就是寬敞的玄關。一邊的牆是鏡子，映出我長大的身影。我脫下鞋子，穿上預備好的拖鞋。拖鞋和我變大的腳非常合適，顏色和材質也很符合我的喜好。

「那是蓮司平常穿的拖鞋。」

小春把我脫下的鞋子排整齊。我想起自己總是被母親罵鞋子亂脫，今天又犯了壞習慣。

「呃，不好意思……」

「小事、小事。來吧，這邊是客廳。」

走廊盡頭通向一處寬敞的空間，望向窗外，能將東京街景一覽無遺。只見建築緊密相鄰，幾乎看不到地面。眺望著眼前的景色，我注意到小春從走廊拿來掃帚和畚箕，難道她接下來要開始打掃？

比起這個問題，我心中湧起些許不安。我不清楚高級公寓的一戶要多少錢，不過金額應該相當可觀。我該不會借了一大筆錢，才住得起這種地方吧？我不禁有點畏縮，後退時手肘不小心撞到架子上的擺設。

「啊……！」

一隻玻璃馬遭我的手肘撞落，碎了一地。我轉身想向小春道歉，卻看到她彷彿要安撫我，舉起掃帚和畚箕。

「不要緊，我知道會變成這樣。我事先聽說了。」

她讓我退開，以免踩到玻璃碎片，然後開始清理碎片。

「事情會變成這樣，是觀測到的結果。」

「觀測到的結果？」

「我從長大的蓮司口中，得知這隻玻璃馬會摔壞。瞧，你現在不是正看著這一切嗎？之後你回到原本的身體，將觀測到的情況，在某天告訴了我，所以我事先就做好要與這隻玻璃馬道別的心理準備，也提前備妥掃帚和畚箕。」

她拈起曾是玻璃馬前腳的碎片，凝視著說：

「未來會朝觀測到的方向演變的可能性很高，也許不到百分之百的程度，不過因爲沒有其他前例，什麼都無法斷定。說不定，歷史其實是可以改變的。如果眞是如此，不知道該有多好。」

留下這句話，小春便離開去丟玻璃碎片，她的神色顯得有點哀傷。

一九九九

西園圭太郎的宅邸就坐落在神奈川縣鎌倉市的郊區。房子位在從公路轉進小徑約一百公尺的盡頭處，後方傍著山坡。女兒出生後，圭太郎以此爲契機，賣掉東京的住宅。他找到二手房屋，請建築師進行改建。儘管每次要談工作便得動身前往市區，但也不是太大的問題。現在和以前不同，不少案件只需電子郵件就能解決。

此刻，女兒小春在外頭跳繩，察覺圭太郎在一樓窗邊看著她，就一邊跳繩，一邊向圭太郎露出笑容。圭太郎在意的是女兒跳繩的地點。她的後方是車庫，車庫門還開著，而圭太郎收藏的奧斯頓馬丁（Aston Martin）（註）宛如寶石般的車體近在咫尺。想到女兒跳繩時，掃起的小石子可能會打到奧斯頓馬丁的車體，圭太郎便坐立難安。

「小春，去別的地方玩。」

圭太郎出聲呼喚女兒，不過礙於氣密窗的關係，聲音傳不出去。

「怎麼了嗎？」

妻子遙香來到窗邊。

「妳看，小春在那裡跳繩，感覺會把小石子彈到車子上。」

「也許吧。太遠了，看不太清楚。」

遙香向女兒揮揮手。小春被跳繩絆了一下，喘著氣回揮雙手，沒多久又繼續跳繩。

「到底有什麼好玩的？這樣只會累到自己吧。」

「小孩只要能動來動去，就會覺得樂趣無窮。」

圭太郎冒出一聲呵欠，他剛剛才從床上起來。

「昨天幾點睡的？」

「昨天看電影看到滿晚的，是之前收購的那部作品。」

圭太郎經營中等規模的電影發行公司，最近開始收購外國電影。由於幾年前發行的小眾電影人氣長紅，經營逐漸步上軌道。

小春又被跳繩絆住，儘管大人搞不懂哪裡有趣，她仍笑得非常開心。

圭太郎和遙香向女兒揮手後，回到客廳。

× × ×

西園小春繼續跳繩。

發現父母的身影從窗邊消失在屋內，小春覺得有點無趣。

潔白的絨毛乘風飛來，飄落在草木和屋頂上。

註：英國豪華跑車公司，其跑車常於007系列中登場。

小春突然感受到一道視線，房子周圍的樹林裡似乎有動靜。她停止跳繩，凝神望向樹林深處。

小春看到似乎有人影移動。不對，一定是她多心了。大概是草叢隨風搖曳造成的錯覺。畢竟如果有人要上門拜訪，都是走公路延伸而出的小徑，從房子的正面過來。

小春繼續跳繩。跳繩快速劃過空氣，發出咻咻聲響。

二〇一九

釘在牆壁的架子上，擺著幾個相框。其中一張照片拍的是小學低年級年紀的女孩，應該是小時候的西園小春。照片中，她在家門前跳繩。

其他還有全家福的照片，看似父親的人物，是個體型像熊的男人，臉的下半部長滿鬍子。母親則是氣質纖弱的美人，我不禁想起「美女與野獸」這個詞。

西園小春端出餅乾和牛奶，是外國的美味餅乾。

「妳家看起來很棒。」

「那是在鎌倉，不過現在沒人住了。」

架子上的相框中，也有和長大後的我的合照。照片似乎是在冬天的海岸拍攝，我們都緊緊裹著大衣，感覺很冷。儘管沒有那一天的記憶，但看了這張照片，不得不承認我和她之間確實關係親密。

玻璃碎片清理完畢，她說事先就知道玻璃馬會摔壞。

觀測的結果極有可能成真，雖然可供參考的資料太少，沒辦法百分之百斷定……

我目睹玻璃馬壞掉的情景，「觀測」到這件事。長大後的我將今天發生的一切告訴她，所以她才能事先知曉玻璃馬的命運。

換句話說，我應該能回到二十年前的世界。要是我沒辦法回到原本的時代，就無法告訴她今天發生的事情，小春也就不可能事先準備好掃帚和畚箕。

「蓮司，過來一下。」

我依小春的指示，坐上餐廳的椅子。小春在桌面攤開圖畫紙，不曾使用的全白圖畫紙大小足以覆蓋整張桌子。她以油性筆畫出一條水平線，並在右端加上箭頭。

「我想讓你知道，接下來你會以這樣的方式穿越時空。」

她在橫長的直線旁補上注解。這條線似乎代表時間軸，左邊是過去，右邊是未來。她在直線上圈出四個點，像歷史年表一樣在點旁加上說明。

【A點】
1999年4月25日，上午10點半左右
在棒球比賽中被球擊中頭部昏倒，而後醒轉。

【B點】
1999年4月25日，下午6點左右
在神奈川縣鎌倉市昏倒，而後醒轉。

【C點】

2019年10月21日，上午0點左右
在長椅上遭人從背後毆打昏倒，而後於醫院醒轉。

【D點】
2019年10月21日，傍晚左右
在某運動公園昏倒。

A和B點在左邊，C和D點在右邊，兩組之間相隔二十年。

「這就是蓮司遭遇的狀況。目前已知蓮司會因頭部挨打而失去意識四次，到時意識會脫離肉體，發生時間跳躍現象。」

「妳怎麼知道？」

「是長大的蓮司告訴我的。」

「長大的我眞是什麼都知道。」

小春拿起紅色奇異筆，打開筆蓋。

「首先，你像這樣穿越時空，來到二十年後。」

她畫了一個從A點到C點的箭頭。爲了避免和代表時間軸的直線重疊，箭頭是往上彎的弧線。

「然後，現下你在這個地方，處於十一歲的意識進入長大後身體的狀態。」

接著，小春沿著直線，畫出從C點到D點的箭頭。

我看向標註在D點的說明。

「傍晚在某運動公園昏倒？到底會發生什麼事？」

「根據蓮司的觀測，他是走在公園的時候，後腦杓被什麼東西砸到，昏了過去。」

我伸手按向後腦杓，仍有些疼痛，沒想到接下來還要再挨一記足以讓人失去意識的打擊，眞是糟糕的一天。

小春又從D點到B點，畫出一條像是回溯時間的紅色線條，這次的箭頭是下彎的弧線，代表我在運動公園昏倒後，回到原本的時代。我看了看標註在B點旁的說明。

「在神奈川縣鎌倉市醒來？爲什麼我會在那種地方？」

「爲什麼呢……」

小春擺出不知情的樣子，但明顯知道些什麼。

「長大後的你和小時候的你，交換身體一天後恢復原狀，因此，你會回到長大的你活動一整天後的身體。當你醒來的時候，會發現自己倒在鎌倉市的田地裡，似乎是從山坡失足跌落。」

她畫出從B點連向C點的直線，線條完美重疊在時間軸上。

「平安回到原本的時代後，你經歷各種事情，長大成人。雖然這樣算是提前透露你的人生，但你會和我重逢，只是要等到二〇一一年四月。」

她在B點和C點的中間再圈起一點，標上日期。

在那之後，我似乎開始和西園小春交往，並互訂終身。然而，這一切感覺一點也不眞實。畢竟對方是才剛認識的人，就算告訴我今後我們會結爲夫妻，我也只感到爲難。

「你好像有話想說？」

「我只是覺得，我應該有選擇結婚對象的自由之類……不，嗯，沒事……」

小春以藍色的筆畫出線條，這次是從C點到A點，弧度朝下彎的箭頭。接著，她又從A點到B點，畫出和代表時間軸的直線重疊的線條。最後，她畫了從B點到D點的上彎箭頭，將點連接起來。

「這是成人蓮司的意識經歷的時間歷程。這是一趟回到過去，度過一日後歸來的旅程。只是，他在旅程中遭遇了什麼，現階段還有不少不明之處。」

小時候的我和長大的我，互相交換一天，聽起來很簡單，但藉由箭頭看到自己的意識在時間軸上的移動，就顯得十分複雜。

「說是交換一天，不過交換的時間長短，並不完全相同吧？有不小出入，那段時間去哪裡了？消失了嗎？」

「沒有消失。我想應該會是在意識年齡和肉體年齡有些微誤差的狀態下，度過B點到C點的二十年，最後在D點校正回來，所以你大可安心。」

「原來如此。」

「你搞懂了？」

「搞不懂——我只搞懂了這一點。」

我放棄思考，請小春讓我休息一下。

我癱在沙發上，箭頭交錯的複雜示意圖從腦袋裡消失得一乾二淨。算了，反正這種東西還是不要知道比較好。

比起這個，我聞到一股奇怪的氣味。我聞了聞身上的衣服，總覺得是和父親同一類型的體臭，和結束棒球練習的體臭完全不同。說起來，這是二十年後的世界，代表這副肉體的年齡是三十一歲。對小學生的我來說，已是道地的大叔。

「對了，你要洗個澡嗎？」小春問：「你從昨晚就是那一身衣服，我一併幫你準備換洗衣物。」

我跟著小春，確認更衣處和浴室的設備。每一樣看起來都新潮講究，在燈光的映照下閃閃發亮。她說明使用熱水的方法，並爲我拿了一套衣服。

「有事就喊我一聲。」

「知道了。」

「……」

小春似乎有話想說，最後還是退到走廊上。她的表情令人在意。

單獨留在更衣處的我面對鏡子，變換臉的角度觸碰顴骨。然後，我解開白色襯衫的鈕釦，將脫下的襯衫丟進洗衣籃。踏進更衣處的時候，小春收走了西裝外套。我想洗個熱水澡，沖掉一身汗水，將一切回復到起始狀態，好好在腦內重新梳理整件事。

鏡子照出我的上半身。眼前的身體顯得苗條、缺乏肌肉，我感到有點奇怪。這是棒球選手的身體嗎？我的夢想是成爲棒球選手，可是鏡中的身體明顯缺乏肌肉。

仔細一瞧，我的右手從手肘以上，也就是上臂內側，有一條白色的線。那條線和用筆畫出的線不同，是微微隆起的皮膚形成的線。線條一路延伸到肩膀，看起來像是手術縫合後的皮膚疤痕。這是受傷的痕跡。

我的右肩廢了，處於肌肉和皮膚撕裂後，再透過手術縫合的狀態。這不是最近留下的手術痕跡，應該是好幾年前。受到會留下這種疤痕的傷，我還能繼續當投手嗎？實在很難想像。

我終於明白眼前所見代表什麼，忍不住發出哀號。

我大概沒辦法成爲職業棒球選手了。

序章
第一章
第二章
第三章
第四章
尾聲

序章
第一章
第二章
第三章
第四章
尾聲

一九九九

父親正拿著掃帚清掃家門口。

「蓮司，你要去哪裡？你不是應該在家裡好好休息嗎？」

「我和別人約好了，我跟對方說一定會去。」

「約好了？是很重要的約定嗎？」

「嗯，我要去幫助別人。可能很晚才會回來，別擔心。」

下野蓮司跨上腳踏車出發。小學時騎的腳踏車踏板是歪的，當時不覺得彆扭，現在卻覺得很難踩，難以保持平衡。不管父親在身後呼喚，蓮司頭也不回地踩下踏板。

插秧前的冷清田畝在眼前展開，蓮司飛快踩著踏板，暗自爲身體竟如此敏捷而深受感動。長高前的他體重輕盈，動作靈活。他右手放開握把，試著轉動肩膀，感受到肌肉的柔韌度。他有種想停下腳步，撿起路邊石頭丟向遠方的衝動。不知道石頭能飛多遠？

隨著蓮司接近車站，周邊的建築物愈來愈高大。由於往來的車輛增加，蓮司放慢速度。在單調的交叉路口上，有一座電話亭。他突然想起什麼，停下腳踏車。

接下來他想做的事情並非必要，說不定只會得到毫無意義的結果，但還是值得一試，總比什麼都不做來得好。畢竟誰都不知道，觀測到的未來是否絕對不會改變。

蓮司走進電話亭，拿起話筒。從電話亭內的電話簿上，找到警署的服務電話。他投入硬幣，按下號碼。

「您好，這裡是宮城縣警署，請問有什麼事嗎？」

電話另一端傳來公事公辦的男性嗓音。

「我想請你們加強巡邏某個地區。」

數小時後，位於神奈川縣鎌倉市的西園小春家會發生案件。蓮司希望能防患未然，阻止悲劇發生。照理來說，他應該打電話到神奈川縣警署，可是電話簿上只記載著管轄這地區的宮城縣警署的電話號碼。

「晚點某戶人家會發生入室搶劫。」

「入室搶劫？」

「地點是其他縣市，不在你們的轄區……」

「我問一下，小弟弟，你幾歲？」

「十一歲……」

蓮司自知目前的話聲，聽起來就是少年的嗓音。即使他堅稱自己實際上是三十一歲，對方恐怕也不會相信。另一頭的男性語氣中帶著懷疑。

「為什麼你知道會發生強盜案？你能先告訴我嗎？」

對方似乎在懷疑這是不是惡作劇電話。

正當蓮司不知如何是好的時候，他感受到一股視線。電話亭的透明隔板外，站著一名穿棒球隊制服的少年。他身揹插著球棒的後背包，跨在腳踏車上看著蓮司。魁梧的身材配上宛如猩猩的長相，是同一棒球隊的山田晃。

蓮司不禁放下話筒，走出電話亭。

「嘿，阿晃。」

「蓮司，你在這種地方做什麼？你不是應該乖乖在家裡躺著嗎？」

山田晃是捕手，蓮司在少年時代，每天都朝他的捕手手套投球。

「我的頭沒事了。」

「老實說，我以爲你會掛掉。你的頭發出好大一聲。」

「我還活著啦。」

「看就知道了……不過，你爲什麼用那麼閃閃發亮的眼神盯著我？」

「你想太多，我的眼神很普通。」

下野蓮司揉著眼蒙混過去。

「是說，我有個煩惱。」

山田晃稍微壓低話聲。

「哦，你居然會有煩惱，眞像個大人。」

「嗯……蓮司算是我的搭檔，所以我想趁現在先說……」

「什麼事，快講啊。」

「上國中後，我可能就不打棒球了。」

蓮司追問，原來是母親反對他繼續打棒球。由於他的課業成績好，母親希望他放棄棒球，改去上補習班，將來好進升學率較高的學校。

「你絕對不能放棄棒球。」

「為什麼？我不一定能當上職業選手，繼續下去搞不好根本沒意義。」

「你為什麼要下那樣的結論？說起來，要不要打棒球，難道是靠有沒有意義來決定的嗎？」

「蓮司又是為了什麼打棒球？」

「因為打棒球很有趣，因為我喜歡棒球啊。」

山田晃吃驚地盯著下野蓮司，然後表情變得開朗了一些。他伸手按著胸膛，開口說：

「對啊，我在想什麼，我也很喜歡棒球……」

「那你願意繼續打棒球嗎？」

「我會的。蓮司，長大後我們也要打棒球喔。」

「當然啦，阿晃。就算變成大人也要打棒球，就這麼說定了。」

別突然講令人感傷的話啊，蓮司在心裡抱怨。他壓下悲傷的情緒，向山田晃豎起大拇指後，跨上停在電話亭旁的腳踏車。

「我差不多該走了，再見。」

「蓮司，你要去哪裡？」

「我接下來要搭電車，去很遠的地方。」

「這樣啊，眞是辛苦了。」

「掰掰，搭檔。」

「再見，搭檔。」

儘管記掛著報警的事情，蓮司還是揮揮手，踩下腳踏車的踏板。山田晃的身影逐漸遠去，轉眼就消失在視野中。這麼一提，蓮司想起鼓勵他堅持棒球到最後的，就是山田晃。

下野蓮司將腳踏車留在私營鐵道的車站，前往仙台車站。仙台車站的站內貼著手機公司的廣告海報。幾個月前，DoCoMo才剛開始提供手機上網服務。

蓮司望向車站裡的時鐘，確認目前的時間。過十二點了，根據西園小春的記憶和警方的紀錄，強盜闖入的時間大約是下午五點半，所以蓮司必須在五個半小時內，趕到西園家。

自動購票機前大排長龍，於是蓮司改到購票窗口，去買前往東京車站的新幹線來回車票。

「成人票一張……」

蓮司脫口而出，購票窗口的服務員露出詫異的表情。

「搞錯了，請給我兒童票。」

蓮司從母親的長夾取出幾張紙鈔付款。買完票，他走向驗票閘口，打算將長夾塞回後背包時，發生一點問題。背包拉鍊卡到布料脫線的地方，拉不起來。

「搞什麼，居然挑這種時候！」

由於時間寶貴，蓮司直接抱著拉鍊大開的背包，衝過驗票閘口。從月台望出去，仙台車站前的街道上也有白色絨球飛舞。沒過多久，往東京的新幹線列車到站。蓮司搭上對號座的車廂，找到位子坐下後，列車便如同滑行般平穩出發。爲了有效運用時間，他決定來寫點東西。

他拉出座椅附設的小桌子，攤開從家裡帶來的筆記本。筆記本最初的頁面上，只有先前寫下的幾行文字。

2019-10-21　0:04

在長椅等待

巡邏車警笛鳴響

狗叫三聲

從背後遭人毆打

蓮司在筆記本的不同頁面上，以更清楚的口吻，寫信交代事情經過。信的內容是寫給少年時代的自己。蓮司在少年時代讀過，內容也都還記得，所以比起從無到有的撰稿，更接近背書抄寫。這麼說來，這篇文章最初又是誰想出來的呢？

窗外是一大片田園風景，隨著時速三百公里的車速逐漸後退消失。除了寫給少年時代的自己的信，蓮司還寫下各式各樣資訊。資訊的內容是與未來相關的事情，並附有曲線圖的圖表。儘管許多內容對少年時代的自己而言，應該都令人一頭霧水，但蓮司並不放在心上。隨著時間過去，筆記本的意義就會逐漸揭曉，也會有人注意到這些資訊的重要性。

蓮司也寫下關於二〇一一年發生的東北大地震的資訊。畢竟蓮司老家位在海嘯的受災區域，如果置之不理，家人會有危險。他寫下海嘯的受災區域，表示希望大家能爲那一天提高防災意識。

只是，事實是就算找到這本筆記，讀了內容，少年時代的他對於會發生大地震一事，也毫無想法。海嘯會鋪天蓋地而來，將房屋連棟拔起——即使筆記本上這麼說明，對於小時候的蓮司而言，也缺乏眞實感。儘管如此，他未曾忽視大地震的事情，是因爲他親眼見證好幾項筆記本中的資訊，正確地預告未來。

蓮司在筆記本上振筆疾書的同時，腦袋像發燒一樣開始發熱。他本來就不擅長動腦筋，在投手丘上被球擊中的地方更是陣陣作痛。

他停下筆，閉上眼睛，側耳傾聽新幹線列車運行的聲音，思索著此刻身在二十年後的年幼自己，不知在做什麼？

二〇一九

我的右肩似乎是在交通事故中報廢了。雖然對日常生活沒有影響，但要繼續運動似乎有困難。西園小春在更衣處外告訴我這些消息。

爲了向我說明，她一直隔著拉門等待。我會在這個時間點發現身上的傷痕，也是預先就知道的事情。

我蹲在更衣處，難以呼吸。小春應不會進來，隔開更衣處和走廊的拉門上著鎖。

「請你記住我接下來講的時間和日期。」

她說出某個日期。

二〇〇〇年八月十日……

她告知我在那一天，會遇到交通事故。

「可以的話，那一天請不要外出，待在家裡。這樣應該就能成功避免車禍發生……雖然，還不清楚觀測到的未來是不是會改變。」

我擦去臉上的淚水，抬起頭。

未來能夠改變？

她的話爲我帶來些許希望。我吸了吸鼻子，出聲詢問：

「我能繼續打棒球嗎……？」

「我不知道，目前沒有足以讓人掌握這個世界法則的案例。我們的意志會對時間造成怎樣的影響，這一點還不清楚。不過，我認爲能做的事情就去做，總比什麼都不做來得好。」

「請再說一遍剛剛的日期。」

「要我說幾遍都沒問題。」

二〇〇〇年八月十日。

我將這個日期深深記在腦海中。我的內心充滿不安，得知將會失去重要事物，恐懼湧上心頭。我根本不想看到這種未來，但如果我不曾來到這個未來，就會在一無所知的情況下迎接八月十日，遇上交通事故。抱著覺悟迎接那一天，說不定還比較好。

我一邊沖澡，一邊回想打棒球的日子。最初是與父親拋接球，哥哥只在一旁看。我珍惜地抱著父母買給我的第一副手套入睡。加入少棒隊，投球受到誇獎。站在投手丘上投球的緊張感。比賽輸掉，不甘心地和隊友一起哭。許多回憶隨著蓮蓬頭流出的熱水沖過身體。我撫過右手和右肩的傷痕，思考著要是再也不能打棒球，自己究竟還剩下什麼。

我換上西園小春準備的襯衫和牛仔褲，這套衣服穿起來比西裝輕鬆許多。我走向客廳，只見小春聽著音樂，一邊翻閱蒐集了新聞簡報的厚厚資料夾。確認我沒在哭泣，她露出鬆一口氣的表情。

「要喝什麼嗎？」

「請給我牛奶。」

小春將冰涼的牛奶倒進杯子裡。

「你想知道今年的職棒是哪一隊獲勝嗎？」

「我覺得還是不要知道比較好。」

「哎，也是。隨著觀測到的事實愈多，愈難否定一切會朝那個未來演變，令人感到想要改變的未來的強度益發強大。既然如此，未來還是充滿不確定性比較好。」

「妳說的話太難，我聽不太懂。」

「這麼一提，晚點你可能會被問到職業，要怎麼回答？」

「這是預言嗎？」

「回答『個人投資戶的助理』，或是『咖啡店的店員』，你覺得哪一種合適？」

「交給妳決定。」

生活在這個時代的我，處在非我期望的人生。如果明確說出這一點，恐怕會傷害小春。如果避開交通意外，改變了歷史，搞不好我和她就不會發展成同居的關係。難不成她已有覺悟，才告訴我發生意外的日期？

小春將板狀的電子儀器，放在客廳桌上。其中一面是螢幕，和我在醫院看到的這個時代的手機相比，稍微大一點。根據小春所說，這個電子製品叫平板電腦。

「我要發電子郵件，蓮司先看電視吧。」

在我生活的時代，有以手機發送文字訊息的服務。電視上播過廣告，所以我還記得。所謂的「發電子郵件」，應該就是發送文字訊息給別人的服務吧。小春在平板電腦的畫面上進行操作。液晶螢幕的一部分顯示出鍵盤，隨著小春的手指碰觸，文字隨之輸入。眞是令人吃驚的科幻場景。

擺設在客廳的電視一樣畫面很大，厚度卻驚人的薄，陰極射線管是埋在牆壁裡嗎？我打開電視，試著切換幾個頻道。畫面實在太鮮豔清晰，新聞播報員彷彿眞的就在我面前。

我看電視的時候，小春處理完電子郵件。她從電視旁邊的櫃子中，拿出某樣東西。那東西的外觀就像泳鏡。

「難得來到二十年後，不想玩玩最新的遊戲嗎？」

「那是什麼？」

「這是戴在臉上的護目鏡式顯示器，可用來玩一種叫VR的遊戲，設計上是畫面會配合頭的動作產生變化。」

我馬上試玩。不料，我慘叫一聲，立刻暫停遊戲。首先，遊戲畫面居然不是點陣畫面，我很不適應，簡直像把現實世界搬進遊戲裡。我在遊戲中坐上雲霄飛車，整個人被甩來甩去。雖然很可怕，我卻忍不住笑了，而且想一玩再玩。小春大概是爲了讓我打起精神，才建議我玩未來的遊戲吧。

中午過後，我們決定外出。小春提議在外面吃稍遲的午餐。兩人坐上車子，發動引擎。我坐在副駕駛座，小春坐在駕駛座。這輛雙門轎跑車似乎是我們的共同財產，平常我也會駕駛，不過今天方向盤都交給她。

駛離公寓後，車子穿越熱鬧的街區。我的額頭緊貼車窗玻璃，目不轉睛地注視城市的街景。擁擠的人潮、現代化的大樓，及大樓外牆上的鮮豔巨大螢幕，看得我不禁屏住呼吸。巨大的螢幕上，偶像歌手的女孩們舞動著身體，一旁廣告宣傳的卡車大聲播放著音樂，通過交叉路口。過多的情報，讓我感到頭暈目眩。

紅綠燈的樣式也和我的時代有點不同，發出的光線和顏色都鮮明許多，連行人號誌燈的造型也變了。以爲紅綠燈大概永遠都一成不變的我，忍不住盯著瞧。

「剛才叔叔突然發訊息來。」

「叔叔？」

「就是我父親的弟弟，算是我的監護人。叔叔是個大忙人，總是不在日本，所以一有機會，就要把握時間見面。而且，叔叔每次的邀約都很臨時，常常突然來一封訊息，說當天想一起吃午餐，搞得我必須趕快預約餐廳。」

「我們待會要和那個人一起吃飯嗎？」

「嗯，我想請叔叔幫我們簽結婚申請書，只是時間一直喬不定。說眞的，這樣正好。」

遠方看得到東京鐵塔，紅色的尖聳建築物在眾多大樓當中，顯得格外醒目。這是我第一次親眼看到東京鐵塔，不由得大受感動。

沒多久就開始塞車，車子一路放慢速度，直到完全靜止。車上的音響原本在播音樂，小春伸手將音量轉小，調成接近無聲的狀態。

「我想先告訴你一件事。」

小春的神色變得有點緊張。

「是我必須知道的事嗎？」

「是我雙親的事，也和你有關。」

「是什麼事？」

「我會請叔叔擔任證婚人，爲我們簽結婚申請書，因爲我的父母都不在了。」

「他們過世了嗎？」

「因爲二十年前的一起案件……」

案件？只見她放在方向盤上的手指用力收緊。

她花了一點時間，思考該怎麼說，然後開口：

「那天，強盜闖進我們家。事後調查得知，犯案的動機似乎是爲了錢。由於我和父母不巧都在家裡，犯人就把他們……」

據說犯人蒙著臉。小春那天似乎在現場目擊了犯人的模樣。

「我也差點被殺，如果不是出現救星，我的人生應該在那一天就結束了。」

「出現救星？」

「沒錯，當時的我才八歲，只能縮在一邊發抖。有個男生突然冒出來，從犯人手底下保護了我。他趁犯人退縮的時候，牽著我的手，幫助我逃走。那個男生，就是蓮司。」

「我……？」

小春眼眶泛淚，望著前方。

「二十年前，你出現救了我。你來到即將遇害的我面前，拯救了我，真的非常感謝。」

陷在車陣中的車子緩緩前進。

她踩下油門，催動車子。

「妳說二十年前，該不會……」

「一九九九年四月二十五日，我絕對不會忘記。那一天和今天一樣，空中飄舞著大量蒲公英的絨毛。」

那正是我在練習賽中，被球擊中頭的日子。

也是我在醫院睜開眼之前，身處的日子。

先前聽小春說，那一天下午六點左右，回到原本時代的我會在鎌倉市醒來。現在終於明白爲什麼我會在那種地方了。長大的我利用那一天，從老家所在的宮城縣，移動到神奈川縣，試圖拯救她脫離死亡的命運。

我的努力成功了，所以在二十年後的這個世界，西園小春依然活著。

小春一邊開車，一邊哼著歌。旋律似曾相識，應該是我所處的二十年前的時代就有的曲子。雖然讓人有些懷念，但我並不知道是什麼曲子。

「到了。」

原本聽說是要吃略遲的午餐，我一心以爲是去類似家庭餐廳的地方。不料，車子卻在小春的駕駛下，開進看起來很高級的飯店的地下停車場。

我們搭電梯前往頂樓，小春似乎幾天前就預約好飯店的餐廳。

「妳和叔叔約吃飯，不是臨時才決定的嗎？爲什麼會事先預約餐廳？」

「長大的蓮司說過，今天會臨時和叔叔有約。」

電梯內有著金色的裝飾，非常豪華。小春注視著樓層的顯示燈。我有點在意二十年前發生的案件，但又不知道能不能詳細追問，難以隨意開口。

電梯到達頂樓，窗外能夠俯瞰市中心的景象。這個地方比我想像中高，看得到氣氛沉穩的和風創作料理餐廳入口，小春報出名字，我們就被帶到包廂。和室是不需脫鞋的類型，擺設有桌椅。皮革封面的厚重菜單上還有英文表記，約莫是大公司的大人物會招待外國客戶來的名店。

「這家餐廳挺貴的……」

看了菜單上的價錢，我嚇得不輕。

「別擔心錢。」

小春坐在我旁邊，她叔叔的座位安排在我們對面。雖然連續劇和漫畫中，常有爲了取得結婚許可拜訪戀人父親的情節，難不成接下來我也必須這麼做嗎？爲什麼偏偏挑這一天？不能選別的日子嗎？在這之前，我已向小春抗議一番。

「對不起，叔叔只有今天有空，明天就會離開日本。」

她的叔叔在外國公司上班，如果錯過這次機會，下次碰面要等到明年。就我而言，延到明年也無所謂。畢竟現在的我外表看似大人，裡面卻還是十一歲的男孩，沒辦法長時間裝出大人的樣子。我的心中滿是不安，只好拿起杯子喝水，鎮定情緒。

「不用那麼緊張，我已在電話中和叔叔大致談妥。蓮司的名字，以及蓮司是怎樣的人，這些都說過了。」

我沒有選擇結婚對象的權利嗎？就這樣見證結婚申請書簽署的過程，感覺我的人生會堅定地朝這個未來發展。

好，逃吧。

「你是不是想要逃跑？」

「為什麼妳會知道？」

「長大的蓮司告訴我的。他說當時滿腦子都想著要開溜。」

「只是請妳叔叔在結婚申請書上簽名蓋章，我不在場也無所謂吧。」

「都是大人了，起碼得打聲招呼。」

「我是小學生。」

包廂的拉門打開，體型龐大的中年男子隨著服務生走進包廂。他的長相溫柔，有著圓滾滾的大肚子，給人好像在美國鄉下經營牧場的印象。小春從椅子上起身。

「叔叔，好久不見！」

「妳好啊，小春。抱歉，約得這麼臨時。」

我跟著起身，低頭行禮：

「呃，你好……我是和小春交往的人……」

「你就是蓮司啊，請多指教。」

小春的叔叔伸手來和我握手。他的手胖乎乎的，感覺就像麻糬一樣。

我們點了套餐。不久，服務生端上盛裝在小碟子中的料理。小春的叔叔看到我喝柳橙汁，出聲問：

「你不喝酒嗎？」

「是的，我沒喝過酒。」

「沒喝過酒？一滴也沒沾過？」

這麼一提，我想起大人們常常聚會喝酒，一有什麼事情，就會舉起啤酒乾杯。說自己完全沒喝過，是不是不太自然？

「他的體質不能碰酒，只要一沾酒就會醉倒，才說幾乎沒喝過。」

小春爲我打圓場。

「對、對，就是這樣。」

在這之後，小春的叔叔還有工作上的約會，所以不太碰酒精。還要開車的小春喝的則是氣泡水。料理非常可口，不過我還是忍不住暗自嘀咕，盡是蔬菜的小菜到底有什麼好吃的。吃蔬菜對我來說更接近苦行，讓人提不起興趣也提不起筷子。

「用餐時要閉起嘴巴。」

小春在我耳邊偷偷提醒，我剛才似乎張著嘴巴咀嚼。

「說起來，蓮司，你是做什麼工作的？」

小春的叔叔享用著料理，同時出聲問我。我和小春互換眼神。果然料中，小春大概早就知道我會在這個時間點被問到職業。

「他是在某個體投資戶的事務所上班，對吧？」

小春看著我重複一遍「對吧？」。

我一邊點頭，一邊尋思「個體投資戶」到底是怎樣的工作？

這個回答似乎勾起小春叔叔的興趣。

「哦，投資？炒股之類的嗎？」

炒股（註）？是指蔬菜的蕪菁嗎？

我支支吾吾地回答：

「呃，對，還要切，很麻煩。」

「切割停損挺重要的。」

「切割停損」又是什麼？蔬菜切法的種類嗎？

「最近我慢慢熟練了。」

註：日文的「股票」音同蕪菁。

「那麼，接下來我想說明跟蓮司認識的經過。」

小春突然出聲，可能是注意到我不知所措的樣子，才幫我轉換話題。她談起我們是怎麼相遇，又是如何進一步發展成交往，最後走到結婚這一步。大學時代，她因爲個性陰暗，交不到朋友。在這樣的情況下，我在噴水池旁向她搭話。我不知道這番話裡哪些是眞的，哪些是假的。只見小春說完，她的叔叔拿出手帕擦了擦眼角。

「我相信大哥和大嫂一定會感到欣慰。蓮司，這孩子就麻煩你了。結婚眞好，雖然我已放棄。」

接下來的話題，不知爲何變成她叔叔的戀愛史。二十幾歲的時候，他在小春爸爸的公司上班，愛上女同事。

「直到最後，我都沒能向她表明心意。如果我能鼓起勇氣告白，或許現在就會過著不同的人生。我常常想，要是時光能倒流就好了。」

「要是眞能回到過去，叔叔認爲歷史是可以改變的嗎？」

小春問道。叔叔思考片刻，搖了搖頭。

「我不知道。回到過去改變歷史，說不定回到過去的自己會跟著消失，這麼一來，就沒辦法改變歷史了，這也就是所謂的『時間悖論』。我們能夠做到的，只有每一天都謹愼做出選擇，以免讓未來的自己後悔。」

套餐的主菜霜降牛排登場，肉汁的香味直衝腦門，讓人幾乎握不住筷子。小春沒把肉吃完，由我和小春的叔叔分掉了。餐點還有白飯和味噌湯，最後端上的是冰涼的水果。

「那麼，差不多該……」

小春從皮包中拿出結婚申請書。

「錯過這個機會，要請叔叔當證人大概就有難度了。雖然也能郵寄，但太花時間。啊，叔叔有帶印章嗎？」

「我在日本期間總是隨身攜帶，畢竟工作上也會用到。」

小春的叔叔接過婚姻申請書，仔細端詳。他連連眨動宛如大象的溫柔眼睛。

「下野蓮司嗎？名字的讀法眞有趣。」

「大家都這麼說。」

小春的叔叔在證人欄簽下姓名的時候，我終究忍不住逃去洗手間。我不知道該怎麼反應，也覺得不要再看下去比較好。人生就此決定，固定成形，簡直像打棒球不知道比賽過程，只被告知比賽結果。

我想和其他人一樣，享受不知終點的冒險航程，這份樂趣卻被奪走了。

我走出餐廳，在飯店頂樓尋找洗手間。擦身而過的男人似乎在看我，害我以爲身上的服裝有什麼奇怪的地方，不過衣服其實都很普通。難不成是這個時代的我認識的人？果眞如此，對方理當會出聲和我打招呼。

對方沒多久就離開了，應該是我多心。

我在燈光柔和的洗手間洗了臉和手之後，回到小春他們那邊。一進包廂，小春叔叔就向我道聲「恭喜」。我以爲他是簽完結婚申請書才這麼說，小春卻露出慌張的神色。

「他還不知道嗎？」

「不，他知道，不過——」

「婚禮是什麼時候？如果是在生小孩之前，穿婚紗肚子會很顯眼，可能要趕緊籌備比較好。」

他們在說什麼？

生小孩？誰要生小孩？

× × ×

「叔叔，謝謝你。」

「算是我的賀禮，祝你們幸福。」

眞是一場令人難忘的聚餐。最後是由幸毅請客。

姪女靦腆地道謝。她的氣質讓人想起她的母親，幸毅湧起一股懷念的心情。

不久前，姪女打電話來說有想結婚的對象。姪女不想透過電子郵件，而是直接通話。幸毅平常都在海外，這次臨時被派到日本出差。一用郵件通知她，馬上演變成碰面吃飯。

姪女事先預約了高級飯店的餐廳，彷彿一開始就是這麼安排。

幸毅和兩人一起搭電梯，送他們到地下停車場。姪女未婚夫的神色有點奇怪。他一臉鐵青，手臂微微顫抖，恐怕是聽到自己要當爸爸而大受衝擊。儘管姪女說他知情，但不管怎麼看，那都是初次聽聞的反應。幸毅沒結過婚，也沒有小孩，所以姪女未婚夫此刻是什麼心境，只能全憑揣測。不過，或許近似二十年前他剛成爲八歲小春的監護人，當時那種不知所措的心情。

兩人在停車場坐上進口的雙門轎跑車。見姪女讓未婚夫坐在副駕駛座，幸毅問他們接下來要去哪裡。

「我們要兜一下風，然後去公園。」

她報出和市中心有一段距離的運動公園。

「叔叔，謝謝你願意當我們的證婚人。」

「小事一件。」

姪女露出花朵般燦爛的笑容，發動車子。

就在這個時候，幸毅感受到一股視線。他環視周圍，但並未看到可疑的人影。

小春駕駛的車子緩緩開動，坐在副駕駛座上的未婚夫姑且也向幸毅點頭致意，卻臉色不佳。真要形容，他彷彿是遭人無端攀附，被迫負起責任的委屈小孩，掛著泫然欲泣的表情。

兩人乘坐的車子駛向停車場出口，逐漸離去之後，停在稍遠處的一輛黑色轎車發動引擎，尾隨著小春他們般出了停車場。幸毅認爲只是時機湊巧，並未多想。

一九九九

蓮司在新幹線列車上迷迷糊糊地打瞌睡，同時回想起他和小春一起在鎌倉海岸散步的情景。

「記得那一天你肚子被刀刺中。刀子雖然只有五公分左右，不過犯人當時狠狠朝你的肚子刺了下去。」

由於是冬天，附近看不到來玩水的遊客，頂多是遠處有人在遛狗。海浪發出低微的聲音拍打著沙灘。

「犯人偷偷帶著刀子，然後用刀子刺中我，但我並未受傷，這是爲什麼？該不會是小春看錯吧？」

「嗯，我也不知道爲什麼，可是你沒有受傷。明明刺中腹部，卻沒有流血，看起來也不會痛。你當時拿著武器，像是長長的針。」

「我又是在哪裡弄到手呢？」

根據警方的紀錄，現場並未留下相符的物品。那武器又消失到哪裡去了？

海鳥飛過灰暗陰沉的天空。

聽到新幹線列車即將抵達東京的廣播，蓮司從昏沉的狀態中驚醒。

接下來他要去救八歲的西園小春，拚命抵抗犯人，然後成功逃脫，這是小春觀測到的歷史。萬一歷史出現分歧，他沒能救出小春，反倒被犯人殺掉，會發生什麼情況？長大後兩人在海邊散步，這樣的未來會像煙一樣消散嗎？

蓮司將筆記本和文具收進拉鍊壞掉的後背包，小心翼翼地抱著後背包下車。東京車站內和二十年後不一樣，有著他沒印象的老舊牆壁，應該是在二〇〇〇年代的大規模翻修中整新了。人潮中有穿厚底涼鞋，臉曬得黑亮的年輕女性。蓮司小時候在電視上看過，記得是這個時期在一部分人之間流行的打扮。往來交錯的女性妝扮都讓人感受到時代的不同，不過男性和二十年後沒太大差別。

提到一九九九年，正是諾斯特拉達姆士（Nostradamus）的預言中，世界末日來臨的年分。以結果而言，預言沒有說中，但確實有些人相信世界會在那一年的七月畫下句點。今天是四月二十五日，這個話題大概會在電視和廣播中，延燒兩個多月以上吧。

蓮司換到橫須賀線的月台，搭上電車。他站在車門旁，望向窗外，看得見九十年代末的東京街景。這個世界的人們對於接下來會發生什麼大事毫不知情。大海的彼端，後年會發生客機撞大樓的慘劇；十多年後，東北地區會發生地震，造成大量傷亡。電車通過港區，窗外的景色從林立的大樓，轉變成住宅區。橫越多摩川之際，遼闊的河畔風景展現在眼前。

下午四點左右，電車抵達鎌倉市的車站。

蓮司打起精神。通過驗票閘口後，隨處可見脖子上掛著相機的外國觀光客。這一帶以前是鎌倉幕府所在地，保留了不少古蹟。西園家位在距離人口密集區有一點遠的區域，最好搭公車或計程車過去。

離案件發生只剩下一個半小時，但還有不少事情要辦。蓮司在車站的售票機買了到東京的票，將新幹線列車的回程票和幾張紙鈔一起夾進筆記本。

他搭上計程車，請司機開到離車站十分鐘路程的醫院。

「要去醫院嗎？」

計程車的司機大叔向蓮司搭話，大概是對小小年紀獨自搭車的蓮司有點在意。

「嗯，媽媽突然住院了。」

蓮司決定裝出擔憂的模樣撒謊。

抵達醫院後，他從母親的長夾拿出紙鈔付錢。

「我把東西拿給媽媽之後，馬上就會回來，請在這邊等我。能請你把車停到遠一點的地方嗎？」

交代完，蓮司步向醫院大門。一走到計程車司機看不到的地方，他就沿著牆繞到醫院側面。那裡有著雖然不大，但能供住院患者散步的庭園。

樹叢深處有一座長滿青苔的獅子雕像，大小和眞的獅子差不多。台座上的獅子嘴巴微微張開，上下排牙齒之間有約三公分的縫隙，蓮司將筆記本藏進去。裡面出乎意料地深，不把手伸進嘴裡確認，從外面根本看不出藏有什麼。換句話說，其他人不可能無意間發現裡面的東西。

將手伸進獅子嘴裡的時候，白色的蒲公英絨毛從蓮司的眼前飄過，他想起一件不重要的瑣事。蒲公英的英文「Dandelion」，正是「獅子的牙齒」的意思。據說是蒲公英的葉子形似獅子的牙齒，才有這個稱呼。

蓮司回到醫院的正面，計程車停在稍遠的路肩，司機大叔正在車外抽菸。蓮司注意到馬路對面有超市，於是出聲呼喚司機大叔。

「我想去超市一趟，能等我一下嗎？五分鐘就回來。」

「好啊，你去吧。」

蓮司進了超市，立刻找到需要的東西。冰鑿陳列在廚房用品區的架上。蓮司動念一想，一併買了封箱膠帶。

搭上計程車，蓮司告知司機下一個目的地，前往西園家附近的地區，不料在路上遇到塞車。

「這個時間就是容易塞車。」

不曉得是否觀光客眾多，鎌倉市一部分的道路似乎塞車狀況嚴重，移動短短幾公尺，便需要花好幾分鐘。蓮司懊惱地想，早知如此，應該在搭計程車前，先打公共電話，或許能通知警方和西園家，讓他們提高警覺。不過，另一方面，他也有點死心，覺得說不定不論如何抵抗命運，事情終究會朝觀測過的歷史發展。即使在搭計程車前打電話，要求他們提防強盜，最後還是會被視為惡作劇電話，造成相同的結果。

「我在這裡下車。」

蓮司在腦中計算到西園家的距離，得出用跑的比較快的結論。他付錢給司機，同時向司機提議：

「方便的話，今天晚上七點左右，能在剛才的醫院前接我嗎？想請你從醫院送我去車站。」

「好啊，沒問題。」

司機一口答應。蓮司很清楚他會履行諾言。

蓮司鑽出計程車，車外的天空逐漸轉變成橙黃色。涼爽的晚風吹拂，鎌倉古色古香的建築，在天色映襯下顯得輪廓分明，和平時相較，更添一番風情。蓮司從堵塞的車流旁邁開腳步奔跑。

跑到狹窄的小徑後，蓮司停下稍作休息。他一邊平緩呼吸，一邊替剛才買的冰鑿取下標籤。位在山旁的道路有點陡，山坡下就是整片城鎮，從一棟棟房屋之間的空隙隱約看得到地平線。

蓮司取出封箱膠帶和皮夾，將後背包丟進一旁的草叢。接下來，他身負和強盜展開纏鬥，讓八歲的小春趁機逃走的重責大任，總不可能一直抱著拉鍊壞掉的後背包。橫豎後背包中只裝著文具，及在新幹線列車上買的點心和沒喝完的寶特瓶飲料，乾脆直接丟在這裡。不過，母親的長夾必須帶走，蓮司小心地以封箱膠帶將皮夾貼在肚子上。

距離西園家只差一段路，接下來的行動攸關小春的性命。此外，他的任務不僅僅是營救小春，之後才是真正的目的。蓮司打理完畢，再度拔腿狂奔。

二〇一九

西園小春開著車，並未回到公寓，而是在市區內移動。我不清楚她要去哪裡。對於東京地理一無所知的我，連身在何方都不知道。

「沒辦法吃剛才的牛排，太可惜了，看起來明明那麼美味。你知道什麼是孕吐嗎？」

她指的是懷孕期間，聞到肉味感到噁心的情形。剛才她沒吃牛排，似乎就是這個緣故。不過，我瞥向開車中的她，肚子實在平坦得不像懷孕的樣子。令人不禁懷疑肚子裡有小孩一事，說不定是騙人的。

結婚申請書塡寫完畢，只要提交給政府相關機構，我們就會正式成爲夫妻，而且她的肚子裡還有我的小孩。或許我該感到高興，但此刻我心中只有說不出的恐慌和不安。畢竟我才十一歲，每天都在打棒球，連怎麼和女孩相處都不知道。好恐怖，整件事根本莫名其妙。

我完全沒有要爲人父母的自覺，不過沒自覺也是理所當然，畢竟二十年以後，我才會走到這一步。但現在我感覺就像雙腳困在水泥中。若是避開交通事故，防止肩膀受傷，這個未來是不是會變成白紙一張？

「你看，那邊是皇居。」

小春開著車，一邊向我介紹。從副駕駛座的車窗望出去，能看到石牆和護城河。在一片林立的高樓大廈中，只有那一區彷彿被剪下來，坐擁遼闊的空間。

「話說，你注意到了嗎？平成的年號結束了。」

「我沒心情注意。」

「你一副不想和我共度未來的樣子。」

「倒也不是不想……」

總覺得人生在我不知情的情況下被擅自決定，我的心中充滿不平。

小春播起音樂。從智慧型手機播放音樂檔案，接著就會透過無線電波在汽車音響流瀉出來，據說是這個時代隨處可見的科技。音樂是沒有人聲的寧靜樂曲，東京的都會喧囂褪去，此刻的大樓群宛如神話世界的遺跡。

過橋之後，小春將車子停在車站前的投幣式停車場。我們似乎抵達下一個目的地了。小春說過要去運動公園散步，但在那之前，想先繞到某個地方。眼下周圍沒看到任何公園，取而代之的是充滿都會設計感的站前廣場。

「這裡是……？」

「這裡很重要，牢牢記住這座車站喔。」

小春帶我走了一圈，讓我記住站名及站前的景色。

「前面是我以前就讀的大學，路上有一個噴水池。蓮司昨晚就是坐在那邊的長椅上，遭三名年輕男子從後方毆打頭部。」

步道從車站一路延伸出去。我跟著她移動腳步，不一會就看到她所說的地方。在灌木叢圍起的廣場中有一個圓形噴水池，幾道細細的水柱朝著正上方噴出，在風中化成一片水霧，迎面一陣沁涼。

「你看，就是那邊的長椅。」

「我就是在這裡遭到攻擊嗎？」

她目睹全程經過，叫來救護車。我便在人群的圍觀下，被救護車送往醫院。

「要好好記住這個地方。因爲這裡是一切的起點，是蓮司出發前往過去的場所。不僅如此，二〇一一年四月，長大後的我們就是在此相遇。我當時還是大學生，坐在這邊的時候，你突然向我搭話。」

噴水池旁設有木製長椅，見小春坐下，我也跟著坐在旁邊。

位於步道途中的噴水池，對附近的居民和上下學的學生來說，是放鬆休閒的地方。

「如果到時我沒來，不曉得會變成怎樣。」

「二〇一一年四月，一定要來。」

「日期是……？」

「交給你決定。那一天將是我們重逢的日子，這是觀測到的結果。」

「妳當時馬上就認出我了嗎？一眼就知道我是二十年前幫助妳的少年？」

「我完全沒認出來。當時我甚至以爲，救了我的少年只是我的幻想。畢竟連警方都沒能查出少年的來歷。」

她會對我抱持好感，說不定夾雜了對小時候保護自己的英雄的憧憬。

「那個時候，我的精神狀況相當差，還沒從命案的陰影中走出來……」

小春從皮包拿出平板電腦，點選畫面操作後，顯示出與案件相關的新聞剪報。她掃描了所有資料，帶在身邊以便隨時閱讀。「電影公司社長家中遭強盜闖入」、「犯人洗劫財物後逃脫」、「八歲女童受警方保護」等新聞標題映入眼簾，我讀起報導的內容，了解案件的詳情。

悲劇發生在一九九九年四月二十五日下午五點半左右，第一名受害者是西園遙香，也就是小春的媽媽。她的遺體躺臥在車庫旁，推測是遭到勒斃。警方在她的指甲縫隙發現黑色纖維，約莫是抵抗時從犯人的衣服扯下的。

犯人殺害她，闖入屋內。根據報導的描述，從犯人留在地板上的鞋印中，找到和西園遙香遺體所在的車庫一帶相同種類的沙子。

西園圭太郎，也就是小春的爸爸，在玄關附近遭人毆打頭部致死。凶器是用來當裝飾的紫水晶擺設。犯案的當下，八歲的小春偶然目擊。於是，殺害兩人的犯人將矛頭轉為目擊者的女童。照理來說，西園小春難以倖存。

但西園家的地板上，除了犯人踩著鞋子留下的腳印之外，還有童鞋尺寸的鞋印。經過調查，鞋印是屬於男童的球鞋。不過，警方清查周邊區域擁有該款球鞋的孩童後，並未找到符合的對象。此外，雖然關係不明，但案件發生不久，曾有一名少年倒在附近的田地。少年被送到醫院之後，就偷溜離開，不知去向，身分依然成謎。儘管警方曾追查少年的下落，但案件就在一切成謎的情況下，逐漸遭人淡忘。

「從醫院消失蹤影的少年，是指我嗎？」

「嗯，你回到原本的時代之後，請趁大人不注意，盡快溜走。」

「我不用向警察交代事情嗎？」

「要說什麼？你到未來一趟的事情？還是算了吧。」

案發當下在西園家的人，是長大的下野蓮司。我能說明的事情，只有這個案件會陷入迷霧，過了二十年都找不到犯人之類的未來資訊而已。

「而且，如果你不快點逃離鎌倉市，可能會導致最糟糕的情況發生。」

「什麼最糟糕的情況？」

「那一天，蓮司爲了保護我與犯人對峙，被犯人看到臉了。我馬上受到警方的保護，蓮司卻非如此。犯人那個時候應該還在鎌倉市，搞不好正在到處尋找妨礙他辦事的少年。」

「找我做什麼？」

「犯人應該對蓮司很火大，要是被他發現，後果恐怕不是鬧著玩的。」

長大的下野蓮司，爲了讓我能迅速回家，已事先做好準備。我被送往的那家醫院，中庭內有一座獅子雕像，獅子的嘴巴裡藏著回程的電車和新幹線車票、錢，及寫著今後指南的筆記本。

小春操作平板電腦，找到那家醫院的資訊。螢幕上顯示出建築內的平面圖和獅子雕像的照片。

「根據長大後的蓮司所說，一出醫院，就會有一輛計程車停在旁邊。你搭那輛計程車前往車站。」

「犯人到底消失到哪裡去了？」

「不知道，不過我們馬上就會搞清楚。」

「搞清楚？怎麼做？」

「在二十年前的世界，蓮司就是爲了這個目的前往鎌倉市。」

「他不是去救八歲的妳嗎？」

「那也是目的之一，但達成的可能性很高，畢竟那段歷史經過觀測，像這樣成爲了現實。重點是之後的行動。我們擬定計畫，討論過該怎麼辦。結論是以『在過去取得情報，在當下尋找犯人』爲方針展開行動。」

蒙面的男人曾在西園家翻找金飾，搜刮值錢物品後就消失無蹤。根據警方調查，房子後方的山坡上有一塊空地，留有較新的輪胎印，推測犯人曾將逃跑用的車子停在那裡。

「蓮司帶我逃走後，便獨自折回原路離開。我想他就是要去停著犯人逃亡用車的空地，記下車牌號碼。除此之外，說不定還能得到鎖定犯人身分的線索。」

這二十年來，犯人的身分成謎，不曾出現在警方的雷達上。不過，小春他們打算取得和犯人有關的線索，在未觀測的時間向犯人宣戰。未觀測的時間是今天傍晚以後，我的成年時代和少年時代的一天互換結束的瞬間，就會進入一片白紙般的未來。當犯人仍未落網的現實結束，經過觀測的時間畫上句點，在浮現逮捕犯人可能性的未來當中，她打算爲這起案件做出了斷。

一九九九

嗡嗡作響的煩人噪音傳入耳中，大概是飛蟲吧。男人雙眼不離望遠鏡，揮揮手試圖趕走蟲子，然而噪音不曾停下。

放大的視野內，所見的是建在鎌倉市僻靜郊區的宅邸。房子的外觀令人聯想到避暑勝地的別墅，大小也足以稱爲豪宅。附設的車庫內停著幾輛車。儘管男人對車不熟，不過每輛看起來都是高級車。其中也有造型古典，像是古董的車款。

房子後方是平緩的山坡。山坡上茂密地長著各種植物，落葉堆積成柔軟的腳踏墊。男人潛伏在樹叢中，和豪宅保持幾十公尺的距離，避免被人發現。

宅邸位在小路的盡頭深處，和鄰居的房子有好一段距離。幹活時就算發出大一點的聲響，應該也不會有什麼問題。

男人以望遠鏡從不同角度觀察外牆。房屋正面的牆上裝著橘色的燈，是一般的保全公司採用的設備。房子內沒人的時候，如果有入侵者，燈就會亮起，向外界通知異狀。即使家裡有人，只要按下警報器按鈕，燈也會亮起。不論是哪一種情形，都會透過電話線路，向保全公司送出異常警報，保全公司會立刻派人過來。

現在屋內有三人，大人兩名，女孩一名。如果想慢慢搜刮值錢的財物，重點就是不能讓任何人按下警報器的按鈕。

嗡嗡作響的惱人噪音響起。男人放下望遠鏡，尋找可恨的飛蟲。然而，飄在空中的只有植物的毛絮，男人沒看到半隻飛蟲。他專心聆聽，想找出聲音的來源，不料卻是來自他的腦袋。男人猛搔頭髮，才發現嗡嗡聲原來是平常就有的耳鳴。

不知道是不是特別緊張，導致耳鳴的音程改變？害男人以爲是飛蟲的聲音。不過，耳鳴會有音程變化嗎？如果音程會變化，是不是能依身體狀況及壓力大小自由改變音程，藉由耳鳴演奏出音樂？能用耳鳴演奏貝多芬或華格納，應該很有趣。男人短暫地沉浸在想像的世界中。

傍晚的閑靜讓耳鳴顯得格外清晰。女人走出房子，在庭院的花圃旁走動。女人長得很美。她是屋主的妻子，想必也是先前在外面跳繩的女孩的母親。男人突然想起自己的母親。

他從口袋中掏出蒙面帽套上頭，並戴上手套。差不多到開工的時間了。男人謹愼地避免發出聲響，離開藏身的草叢。

晚風一吹，飄浮在空中的白色絨毛便隨之飛起。女人沐浴在夕陽下，爲花圃灑水。男人從後方接近，摀住她的嘴巴。他用力按住受到驚嚇想大喊的女人，將她拖到車庫後方。一到宅邸窗戶看不見的位置，他就跨在女人身上，勒緊她的脖子。女人睜大眼睛，雙腳激烈掙扎，試圖逃離男人。不久後抵抗逐漸停止，女人的身體癱軟下來，瞳孔放大。

耳鳴消失了，一片澄澈的清靜世界降臨。

男人最初的記憶是父母吵架的畫面，接下來的久遠回憶中，已不見父親的身影。十一歲的某一晚，家中忘記關暖爐導致失火。他注意到濃煙，從窗戶逃跑得救。然而，母親被發現時，已變成焦黑的屍體。

火災發生前，男人記得母親在客廳看電視。畫面上播著看起來很無聊的日本電影。電影正播到在開滿蒲公英的山丘上，男女互訴衷情的場面。母親大概是看著這一段，迷迷糊糊地睡著，才會忘了關掉暖爐。母親總是睡眠不足，她一早起床做飯，又工作到深夜以維持家計。當時給母親的睡魔致命一擊的，便是那部日本電影。

男人就讀高中的時候，天皇駕崩，平成年號開始。還待在兒童養護機構的男人，因無法融入周圍環境而中途輟學。接著，他在公寓獨自生活，試著做了幾份工作。他曾透過交往的女性介紹，到黑道組織的事務所幫忙。業務的內容是在車站前找人搭話，帶到事務所兜售石頭。那不是普通的石頭，散發著神祕光輝，具有祛除惡靈，招來幸福的功效。經過這樣的說明，客人便會歡天喜地掏出錢包。但也有人過了幾天，在家人責罵下回來退貨。

當時，社會上發生奧姆眞理教在地下鐵散布沙林毒氣，阪神淡路大地震造成無數傷亡。從那個時候開始，男人就有耳鳴。空氣通過金屬管般的聲音在腦袋裡不停作響，男人想像自己的腦袋說不定是金屬製造，而且是中空的。

男人原本打工的事務所在某一天突然淨空，相關人士都不知去向，連交往的那名女性也不知所蹤。於是，男人找了別的工作。

深夜打工的時候，他和差不多年齡的青年被分配到同一個地方，兩人開始交談。青年名叫N，興趣是電腦通訊。男人從N那邊接手的二手電腦上搭載著Windows95，N教導他電子郵件和電子留言板的使用方法。辭掉深夜的打工之後，N就做起合法藥物的網路通販，男人幫他做生意。這份工作的收入不少，不過由於金錢糾紛，男人和N吵了一架，兩人便斷絕了關係。

這個時期，網路迅速普及。之前在和N的交流中學會網路相關知識的男人，開始瀏覽地下網站。地下網站充斥著盜版軟體和違法藥物的資訊，在此處留言板上找到的特殊工作，報酬遠比普通工作的薪水來得好。

二十幾歲的某一天，男人接下協助某名男性報仇的工作。

【募集願意一同對奸邪小人施以私刑的同伴。】

對方會支付相應的報酬，更重要的是，男人很中意「奸邪小人」這個措詞，於是他聯絡了發文者。

「願意回應那篇發文的只有你，非常感謝。」

在咖啡店實際碰面，雇主是一個普通的男人。他自稱T，約莫是假名。雇主自始至終都低著頭，斷斷續續地說話。

「我要復仇的對象，是小學時代的同班同學……」

由於受到奸邪小人霸凌，T難以相信別人，一再拒絕上學，也無法考上高中。他表示工作總做不長久，害父母哭泣，他覺得很痛苦。然而，霸凌他的奸邪小人，卻找到工作結了婚，還有兩個小孩。T無法原諒只有奸邪小人過著幸福的生活。

男人和T一起確認奸邪小人的住處，查出從他公司回家的路線。奸邪小人一定會在自家前方，經過一處人煙稀少的小路。他們決定就在那裡發動襲擊。

某一晚，他們從車站前尾隨回家的奸邪小人。他們從路旁的草叢抓起事先藏好的金屬球棒，等奸邪小人一走進小路，就揮下球棒。對方發出驚訝的叫聲，浮現痛苦的表情。T不停揮下球棒，奸邪小人很快就靜止不動。一旁的男人撿起皮包，從皮夾內抽出紙鈔。此時，T粗重喘著氣，露出恍惚的笑容。奸邪小人死了。

男人在事先預約的商務旅館房間內，從T的手上接過報酬。T的情緒非常亢奮，說了很多事情。當T提到喜歡電影，男人靈機一動，詢問母親因火災身亡前看的日本電影。男人雖然將當時顯示在電視上的畫面牢記於心，卻不知道那部電影的片名。他一邊回想，一邊舉出畫面的特徵。T馬上答出某部日本電影的片名。

「你說的是發行於八〇年代，一部名為《蒲公英女孩》的作品。那部電影是改編自外國的科幻短篇小說，只是，原作裡根本沒出現過開滿蒲公英的山丘。」

根據T所說，發行那部電影的公司，最近因為代理的外國電影賣座，賺了一大筆錢。

「前天我見到兔子，昨天是鹿，今天是你。這一句可說是女主角的經典台詞。」

男人隔天和T分道揚鑣，從此不曾相見。案件遭到全國性地報導，由於皮夾內的紙鈔都被拿走，警方研判為強盜殺人案，從沒聽說T成為搜查的目標。

前天我見到兔子，昨天是鹿，今天是你。

男人已忘了T的臉，只有那句台詞深深烙印在腦海中，偶爾浮現在男人的心頭。

序章

第一章

第二章

第三章

第四章

尾聲

序章

第一章

第二章

第三章

第四章

尾聲

二〇一九

在西園小春的導覽下，此刻我正走在東京晴空塔的觀景台上。這裡高達六三四公尺，即使俯瞰地面，也會因爲眞實感太過稀薄，感受不到高度帶來的恐懼。在我生活的一九九九年，還沒有這樣的建築物。

「從大約二〇〇〇年開始，社會上就出現蓋新的高塔的提議。當時首都圈的許多地方似乎都在爭取設址。晴空塔在二〇〇八年開工，費時三年半完成。」

小春盯著名爲智慧型手機的板狀行動電話，一面解說。手機上似乎顯示著資訊。我來到這個時代，造訪不少地方，但不管走到哪裡，每個人都盯著小小的畫面。

宛如鋪滿微縮模型的街景，一路延伸至遠方。無數似雪的純白小點飄浮在這片景色之上，遲遲不落下，在空中逗留徘徊，原來是蒲公英的絨毛。

「迪士尼樂園在那個方向」、「這邊是新宿」小春從觀景台的窗戶指著不同方向，爲我進行說明。

「那一區是豐洲，正在爲奧運做準備。」

「咦，要辦奧運嗎？在東京舉行？」

儘管難以置信，不過似乎是眞的。小春讓我看了二〇二〇年奧運和殘障奧運的會徽，相當帥氣。

「會徽設計定案之前經過一番波折，但一切都是美好回憶的一部分。」

我們搭了漫長的電梯回到地面，逛起紀念品店。我原本想買個東西當紀念，但會回到原本時代的只有我的意識，其他東西都會留在未來，即使買了也沒有意義。

我們回到車上，前往下一個場所。儘管路上繞去不少地方，最終仍如小春事前所說，前往運動公園。車子離開停車場，開上車流量大的馬路。小春打開廣播，剛好聽到天氣預報，播報員表示關東入夜後會下雨。

「抵達之前，你能先溫習一下二十年前的案件嗎？」

遇到紅燈停下時，小春從皮包中拿出平板電腦，擱在我的膝上。我重讀一遍剛才在噴水池畔的長椅上看過的新聞報導及相關報告。我無法想像這個案件會對小春的心靈造成多大的傷害。在那之後，她究竟過著怎樣的人生？

車子駛過寬闊的河面，繼續奔馳在馬路上。我讀得累了，轉而詢問小春和她父母的往事。她說小時候全家三人一起出國玩，她卻迷路了，好不容易找到父母後，她哭著緊緊抱住父母。

「媽媽喜歡種花。那一天，她大概是一如往常，是去爲庭院裡的花圃澆水吧。」

犯人一開始就打算殺害西園家所有人，還是臨時起意才下手？我記得也有歹徒以爲屋內沒人，卻被撞見而失手殺人的案例。

隨著車子接近目的地，導航畫面上的綠色區塊逐漸擴大。這裡是由東京都管理的運動公園。車子開入停車場，熄火停下之後，我們踏出車外。周圍繁茂的高大樹木讓人心曠神怡。太陽西斜，沒過多久就是日暮時分。

有其他車輛開進停車場，我忽然感受到一股視線。雖然只有一瞬間，不過車上的駕駛似乎看著我們。大概是我多心了。

「走吧。」

小春自然地握住我的手。突如其來的觸感讓我吃了一驚，不過我不再像起初那樣，帶著面對陌生人的退怯。曾幾何時，我對她心生信賴。結婚或懷孕這些字眼雖然沉重，但和她相處的時光，就像和家人在一起般輕鬆。

「怎麼了嗎？」

「不，沒什麼。」

小春拉著我往前走。根據她之前所說，我的旅程會在這座公園結束。我馬上就要向這個時代告別，回到十一歲的身體。

我們在蒲公英絨毛飛舞的公園漫步前行。聽她哼著歌，旋律令人有點懷念。她握著我的手上戴著戒指。

我仔細端詳戒指的設計，暗暗在心中決定要記住款式。

一九九九

躺在地上的女人已沒有呼吸，脖子上留下男人緊勒的指痕。由於太用力，女人的眼球微血管破裂，雙目通紅。她的臉龐殘留一絲淚痕。男人深深吸氣，胸腔充滿清淨的空氣。現在是沒有耳鳴的寧靜時光。

男人從車庫後方靠近宅邸。他確認過這裡沒有監視攝影機。他貼著外牆，聽到二樓傳來古典樂聲。屋內只有男性屋主和他的女兒，約莫是其中一人，或是兩人一起在二樓的房間欣賞音樂。

男人透過一樓的窗戶確認屋內情況，同時留意避免自己的影子映到窗邊。窗簾是拉開的，所以他看得到寬敞的客廳。客廳裡有大螢幕電視和沙發，氣氛舒適有格調。牆上設有對講機、電話，及四方形面板。四方形面板應該是保全公司設在用戶家中的裝置，從上面的燈號顏色可得知目前的設定狀態。眼下是綠色，即使打開門窗也不會啓動警報。

與客廳相連的走廊出現身影，是一名成年男性。人影消失在走廊盡頭，離開男人的視線範圍。對方還不知道配偶已死，最好趁對方注意到之前趕緊行動。

男人找到後門，試著打開。門沒上鎖，剛才的女人約莫就是從這裡出來。她大概想著去去就回，才沒隨手鎖門。男人踩著鞋子踏入屋內，眼前是與客廳相連的廚房。櫃子裡擺放著紅酒杯和威士忌酒杯，一個個都是透明纖薄的玻璃杯，閃耀著寶石般的光芒。就算這裡有酒窖，男人也不會驚訝。

外國製造的冰箱有著難以忽略的存在感。冰箱本身是銀色的簡單造型，男人打開冰箱確認裡面的狀況。沒什麼特別的用意，純粹是他的樂趣之一。冰箱裡擺放著生鮮蔬果，還有不少優格和布丁，想必是接下來要殺害的女孩愛吃的食物。此外，有看起來很昂貴的生火腿，顯然不是隨便哪家超市都有賣的便宜貨色，說不定是剛才死去的女人特地爲丈夫買的。

這是直冷式冰箱，雖然需要定期除霜，但蔬菜的保存期限比風冷式冰箱更持久。男人一直認爲，以冰箱的本質部分來說，直冷式冰箱比較優秀，他不禁對這戶人家心生好感。

他悄悄關上冰箱，移動到客廳，探查走廊的情形。走廊的盡頭便是玄關大廳，男人屏息往該處移動。

玄關大廳是與樓梯間相連的挑高設計，樓梯沿著牆壁反折通向二樓。走廊穿過玄關，一路往前延伸。盡頭處似乎有廁所，門後傳來沖水聲。

男人躲了起來，門打開又關上的聲響及洗手聲傳入耳中。他謹愼查看走廊的盡頭，只見中年男性背對著他的身影。走廊盡頭是洗手檯，男性屋主正在洗手，接著洗臉，掬水潑向自己的面龐。

玄關大廳有一個高度及胸的鞋櫃，上面放著擺飾，是一塊擺在木製底座上的紫色礦石。大概是紫水晶吧，男人思忖。紫水晶能帶來守護眞實之愛的能量，加深和戀人、家人、友人之間的感情。這是男人以前賣石頭時，記下來的知識。他掂掂礦石，感受到沉甸甸的重量。

「遙香，能過來一下嗎？」

男性屋主的聲音傳來。

「遙香，幫我拿新的毛巾過來。」

從走廊傳來有人接近的氣息。男人握緊紫水晶，隱藏身影。男性屋主出現在玄關大廳，滿臉水滴。他蓄著濃密的鬍子，給人熊的印象。接著，他看向男人。

落日餘暉透進玄關大廳的採光窗，反射在高舉揮下的紫水晶上，瞬間在四周灑下斑斕光點。男人感受到手掌傳來鈍重的衝擊。

× × ×

微風從敞開的窗戶吹拂而入，窗簾隨之搖曳。雪白絨毛乘著這陣風，從窗外緩緩飄進房間。

西園小春待在父親的書房聽音樂。她窩在黑色皮椅中，注視著唱片機上旋轉的唱盤。父親曾告訴她，唱片機是透過唱針摩擦溝槽發出聲音，但小春至今仍不太清楚為什麼這樣就會發出聲音。不過，小春不管看多久都不會膩。父親的書房有各種有趣的東西，比如車子模型、外星人的人偶、陳舊的打字機。父親喜歡蒐集電影用的小道具。

樓下一陣騷動，聽起來似乎是家具被推倒的聲響。說不定是父親或母親滑倒摔跤，小春擔心地走出房間。

她穿過二樓的走廊，從樓梯往下看。隔著挑高的玄關大廳，映入眼簾的是按著頭倒在地上的父親。深紅色血液散布在地板上，微弱的呻吟聲傳入小春耳中。從窗戶灑下的夕陽餘暉，隱約爲這一片景象染上色彩。

「爸爸！」

小春叫喊出聲，才注意到一個男人站在父親身邊。他穿著黑色上衣和深藍色牛仔褲，戴著套頭式的面罩，雙手也都戴著手套。其中一隻手還握著原本裝飾在玄關的漂亮石頭。大概是上衣和面具皆爲黑色，男人彷彿一道化爲人形的陰影。面罩下的視線轉向樓梯上的小春。男人準備走上樓梯，沒拿石頭的手輕輕擱在樓梯的扶手，突然停下動作。倒下的父親胳臂緊緊勾住男人的腳。

太好了，爸爸還活著，小春稍微鬆了一口氣。

父親看向樓梯上的小春，似乎打算說什麼。快逃！父親拚命掙扎著張口催促小春。

下一秒，蒙面的男人以石頭猛擊父親。不只一次，而是一次又一次。即使父親已鬆開男人的腳，男人也不停手。血泊在地板上逐漸擴散。最後，男人手中的石頭碎裂崩解，顏色美麗的碎石散落一地。

蒙面的男人深呼吸般張開雙手，動作宛如登山順利攻頂的人。這段期間，小春的尖叫不曾停止，但男人似乎完全聽不到，只見他心滿意足地閉起面罩下的雙眼。

小春猶豫著是不是該奔向父親身邊，但又不想接近男人。快逃！父親這麼說。於是，小春跑過二樓的走廊，打開盡頭的房門，一頭鑽進去。門後是父親的書房。小春關上門，躲在衣櫃中。她摀住嘴巴，避免發出聲音。

唱片依然在轉動，小春不知道曲名，只知道父親告訴她，這是曾用在某部老電影裡的古典音樂。

父親恐怕沒救了。他死了，被殺死了。

母親呢？呼喚母親的話，母親就會來救我吧？

衣櫃上方掛著好幾件父親的外套。小春聞到香菸的味道。父親是吸菸的人，衣服都沾染著菸味。

小春的腦海無法揮去站在樓梯下的男人身影。想起男人朝父親揮擊石頭的情景，她就怕得縮起身子。

地板傳來吱嘎聲響。衣櫃門有縫隙，小春能窺見一點房裡的情形。書房門打開，有人走進來。從受到局限的視野中，看不到來人的全身，不過看得出是剛才樓下的蒙面男人。他悄悄滑進書房的樣子，簡直就像爬蟲類生物。

唱盤的音樂停止。傳來一陣唱針刮擦聲之後，周圍歸於無聲，大概是男人幹的好事。小春屏住氣息。書房內安靜到連呼吸聲都很明顯。

儘管小春看不到，卻能想像出男人在書房豎起耳朵的模樣。再過不久，他就會打開衣櫃的門，確認裡面是否有人。小孩能夠藏身的地方屈指可數，只有桌子底下、窗簾後面，及這裡而已。小春的眼眶湧出淚水。

小春摀著嘴巴，張大眼睛透過縫隙觀察。她只能看到男人的腰際。男人從掛在腰帶上的皮套中，抽出小刀。

就在此時，令人難以相信的事情發生了。

樓下傳來喀鏘喀鏘的聲響，似乎有人在轉動玄關大門的門把。門鈴叮咚一聲響起，門被砰砰拍擊。

有人想進入屋內，卻打不開大門。

會是誰？小春突然想到可能是母親。說不定是在外面的母親發現家中異狀，試著進入屋內。

或者，是蒙面男人的夥伴？不過，她從衣櫃縫隙看到男人戒備地貼近牆壁，不停轉動脖子，顯然這場騷動在他的預想之外。

過了一會，傳來後門打開的聲音。看來對方是繞到房子後面，那邊的門大概沒鎖上。有人進了屋子，用力跺著腳步移動，吵得連書房都聽得到。會是誰？警察嗎？腳步聲直接穿過一樓，直接上了樓梯，彷彿知道二樓的小春身陷危機。流血的父親應該就倒在樓梯下，但對方不曾停步。

小春從衣櫃縫隙往外看，發現男人拿著小刀擺好架式，心中一陣恐懼。男人躲在打開的門後，只要有人踏進書房，就會提刀刺向對方。

不能過來！

小春頓時猶豫，不知道該不該出聲示警。

×　×　×

西園家前方是狹窄的小路，兩側樹叢伸出枝葉，形成天然的拱門。小春的父親買下這塊土地和房子，應該是想過隱居生活吧。說不定他懷抱夢想，希望在遠離都市塵囂的寧靜地方養育小孩。

進入視野開闊的地方後，映入眼中的是獨棟宅邸。蓮司不由自主地瞥向車庫旁邊。如果沒人倒在那裡——他暗自抱著期望。如果他能在案發前趕到，或許就能防患未然，只是這個願望並未實現。

一名女性倒在車庫旁，是西園遙香。她腳下的地面畫著多道線條，約莫是掙扎時腳跟摩擦留下的痕跡。透過資料得知的狀況，此刻就發生在眼前，這份真實感讓蓮司感到畏縮。他拚命按捺想停下腳步的心情。必須對她視而不見，此時，蒙面的男人就在屋內，蓮司得儘早趕過去。

他握上玄關大門的門把，卻發現鎖著打不開。他按下門鈴，用力拍門。由於情緒激動，原本計畫的路線都被拋到腦後。蓮司明明知道大門鎖著，必須從後門進屋才行。

冷靜下來，蓮司告訴自己。他繞到屋子後面，穿著鞋子從後門踏進屋內，穿過走廊。儘管對房子的構造瞭若指掌，這是他第一次在有人居住的狀態下進去。

西園圭太郎倒在玄關大廳，地板上有一灘血跡，凶器的紫水晶碎片散落一地。如果蓮司停下腳步，觸碰西園圭太郎的身體，說不定還能感受到餘溫。他是在多久之前逝世？一分鐘前，或是幾十秒前？根據小春的描述，少年是在西園圭太郎死後不久來到現場。

蓮司踏上樓梯，壓抑著激盪的情感。他只見過照片上的岳父岳母。儘管他們已過世，但他們的軀體仍在這裡，必須丟下他們的蓮司內心十分掙扎。在今後的二十年，小春的眼淚都不曾停歇。

造成一切的元凶就在二樓。蓮司爬上樓梯，書房在走廊的盡頭。房門朝內大開，裡面看起來空無一人。此時，八歲的小春應該躲在衣櫃中，蓮司很想馬上奔到她的身邊，但還是在書房門口停下。

蒙面男人打著什麼主意，蓮司一清二楚，畢竟他曾聽觀察過男人的人描述詳情。

「殺人凶手，滾出來！你就躲在門後，對吧！」

如果毫不知情地踏進房間，大概會遭到男人的攻擊。對方拿著刀子，等待他踏進房間。蓮司握緊手中的冰鑿。根據小春所說，這把武器並未成功傷到對方，但至少能夠牽制對方。

「快現身吧！我知道你就在那裡！」

書房的地板吱嘎作響，有人挪動了身體的重量。

朝內打開的房門緩緩移動，躲藏在後的人露出身影，慢悠悠的動作令人不禁聯想到爬蟲類生物。他的頭部以黑布面罩蒙著，也就是所謂的蒙面頭套。蓮司透過眼部挖空的洞，對上男人的雙眸。

長久以來，這個男人一直是謎團般的存在。他沒被任何人抓到，像煙霧一樣消失，沒留下絲毫足以查明身分的線索。沒人知道男人究竟是誰，又來自何方。所以，蓮司此刻有一種彷彿遇見傳說中怪物的感慨。你到底是誰？從何而來，將消失在何處？許多疑問湧上蓮司的心頭，不過，對方似乎也想著相同的事情。男人站在書房入口，以沒拿刀的手抓頭，疑惑地望著蓮司。

「你是誰？附近的小孩嗎？」

嗓音聽來是二十幾歲到三十幾歲，讓男人多說點話，搞不好就能從腔調推測他的出身地區。

「我是誰都無所謂。你爲什麼要做這種事情……」

「你沒看到屍體嗎？你上樓梯的時候，應該會經過屍體吧？我以爲一般人看到屍體都會先報警。」

蓮司觀察對方的外表，男人身上沒配戴任何能鎖定身分的東西。

蒙面的男人行動了。他抓起放在書房桌上的玻璃菸灰缸，扔向蓮司。蓮司急忙低頭，菸灰缸飛過頭頂，掉在身後的地板上，發出沉重的聲響。

蒙面男人緊接著一踢。對方的腳異常地長，從意想不到的距離踢中蓮司的腹部。小孩的身軀輕飄飄地飛了出去，一時無法呼吸。

提防男人下一步的攻擊，蓮司立刻試著起身，卻腳軟動不了。對方拿著刀，如果撲過來就危險了。然而，蒙面男人轉頭看著書房內。方才衣櫃裡傳出驚叫聲。

蒙面男人走近衣櫃，確認裡面。裡面有掛在衣架上的男性外套，外套之間則是正在哭泣的女孩。她之前一直屏住聲息，但被發現後就不再試著壓低聲音。

那是八歲的小春。髮型雖然不同，但從五官仍認得出。她比十一歲的蓮司嬌小許多。

蒙面男人抓住她的手腕，把她從衣櫃中拖出來。小春一直搖頭抵抗。

蓮司起身衝進書房，冰鑿的尖端對準男人一刺。對方馬上放開小春，提防蓮司的手般往後仰，像蛇纏上獵物一樣從旁抓住蓮司的手。

「拿這什麼危險的東西！你的腦袋是不是有問題！」

對方使勁把蓮司摔向窗戶。成人的身體和小孩的身體有著根本性的力量差異，儘管蓮司打棒球有鍛鍊身體，男人的力氣依舊在他之上。

小春癱倒在地，抬起失去血色的臉龐看向兩人。

蒙面男人沒繼續貿然靠近，顯然是在戒備蓮司手上的武器。蓮司再度向男人提問：

「告訴我……你到底是誰……」

這個問題在他研讀資料時，不知問過幾千遍。

「我沒閒工夫跟小鬼閒聊，又不是小學老師。」

「你知道這是誰家嗎？」

「我知道啊，有錢人的家。我一看就知道，而且這個家……」

男人至今沒流露出半分情緒的眼眸，稍微動搖了。

「對，我記得是……」蒙面男人喃喃低語：「前天是兔子，昨天是鹿……」

男人與其說是在與蓮司交談，更像是在背詩給自己聽。

「……今天是你。」

蓮司確定男人不是偶然選上這個家，而是事先查過這是西園圭太郎的宅邸。剛才的台詞雖然出現在小說《蒲公英女孩》中，但在西園圭太郎製作的電影版中，也採用這句台詞。

這個時候，蓮司身體受到一陣衝擊。對方趁他思考的空檔，踹了他一腳。小春發出尖叫，蓮司的眼角餘光瞥見小春摀著臉。蓮司身形不穩，幾乎要跌倒，冰鑿也從手中滑落。

蓮司連忙伸手要撿，但動作太慢，蒙面男人搶先撿起地上的冰鑿。對方不慌不忙地將手伸到窗外，丟掉蓮司唯一的武器。

蓮司馬上撲向窗戶，想在空中攔截冰鑿，卻沒能成功。冰鑿沿著外牆掉落，滾到裝設於地面的空調室外機上，隨後消失在和牆壁之間的縫隙。

蓮司和蒙面男人的距離太近了。對方緊緊握著刀子。銀色的刀刃雖然只有五公分左右，並不算長，不過朝著蓮司的刀尖，讓他忍不住心生恐懼。刀子毫不留情地刺向蓮司的肚子。

「小心！」

蓮司聽見小春的叫聲。

一切不可思議地看起來像慢動作。小春鬆開摀著臉的手，用含淚的雙眼目睹了全程。

之後，她在某一天對蓮司述說起當天的情景。

「犯人偷偷帶著刀子，然後刺中我，但我沒有受傷，這是爲什麼？應該不是小春看錯吧？」

「嗯，我也不知道爲什麼，可是你沒有受傷。明明刺中腹部，卻沒有流血，看起來也不會痛。」

蓮司跪倒在地。儘管確實感受到衝擊，但並未傳來刀刃刺傷的痛楚。還是，實際上被刺了，只是大腦擅自屏蔽痛覺，接下來疼痛才會慢慢出現？

蓮司摸摸肚子確認。衣服開了一個洞，卻沒流出血。

他不知爲何沒事。

小春的神情恐懼，大叫著什麼。蒙面男人一副萬事已解決的樣子，背對著蓮司，大概沒注意到刀子上並無血跡。

蓮司爬起，從後方撞向蒙面男人。在出奇不意的攻擊下，男人往前栽倒。蓮司舉起放在書房桌上的老舊打字機，往男人頭上砸。金屬製的打字機在一陣巨響後解體，男人一邊呻吟，一邊按著頭蹲下。儘管沒死，不過男人應該暫時無法動彈。

「就是現在！站起來，我們走！」

蓮司抓住小春的手臂，幫助她起身。雖然她的腳步有點不穩，仍乖乖配合。對八歲的小春而言，蓮司也是身分不明的入侵者，只是她似乎判斷，蓮司不會傷害她。

兩人衝出書房，跑下樓梯。小春撲向倒地流血的父親，搖晃他的肩膀連連呼喚，但他明顯已死亡。

「小春，走了……」

她肩膀一抖，望向蓮司，納悶他爲什麼會知道自己的名字。蓮司抓住她的手臂，硬是把她從父親的遺體旁拉開。他拿起小春放在玄關的鞋子，打開大門的鎖，離開屋子。

蒲公英漫天飛舞，兩人在夕陽下奔跑。他們離開房子的附近，跑向狹窄的小路。確認蒙面男人沒追上來，蓮司才終於停下讓小春穿鞋。

「媽媽呢？」

小春哽咽著問。

「我們先逃到安全的地方吧。」

小春從玄關無法看到母親倒在車庫旁的身影，稍後她才會得知母親的死訊。

「妳到前面的人家去求救，打電話找警察過來。」

女孩一邊哭，一邊看著蓮司。

「來，走吧。」

她穿上鞋子後，走路輕鬆許多，移動也變得更快。

兩人穿過小路兩旁枝葉形成的拱型樹籬。蓮司檢查腹部的傷勢，剛才被刺的地方既不痛也沒流血。他拉起衣服，想到貼在腹部的皮夾。於是，他撕下膠帶，確認皮夾的狀況。

皮夾有部分裂開，掉出幾枚硬幣。皮夾收納零錢的地方裝著一圓和十圓硬幣，蓮司意識到剛才刀子就是戳中這裡。多虧了皮夾，他才免於受到重傷。

如果背包的拉鍊沒壞，他可能不會把皮夾貼在肚皮上。那麼，他剛才大概就會當場喪命。蓮司鬆一口氣，將皮夾貼回肚子上。由於撕過一次，膠帶的黏性變得比較差，不過應該不是太大的問題。

他們已和西園家有一段距離，蒙面男人也沒追過來的跡象，拯救小春的任務成功。儘管這是觀測過的結果，蓮司仍深深感謝並未發生例外的情形。

二〇一九

我和西園小春在運動公園遼闊的園區內散步，一邊聽她敘述二十年前的事。她望向遠方，大概是凝視著二十年前的那一天。

「那個少年帶我到附近鄰居的家門前，告訴我他還有事情要做，我必須一個人進去。大人們都很在意少年到底是誰，又消失到哪裡去了，但我根本沒心情在乎。爸爸和媽媽一下都不在了，我沒辦法思考任何事情。隨著時間慢慢流逝，我才終於在意起少年的身分。我當然很感謝他，多虧有他，我才能活到現在。」

她投來親切的眼神，我覺得不太自在。現在的我對她所說的一切完全沒有印象，彷彿在聽別人的事。

「妳向鄰居求救，後來怎樣了呢？」

「那戶人家只有一位老奶奶在，我說明得不夠清楚，她頗傷腦筋。我拜託她報警，她有點猶豫。即使如此，她也看得出我的確遭遇了什麼狀況。老奶奶想去我家確認，我連忙阻止她，萬一犯人還在就危險了。」

雖然耗費一段時間，八歲的小春終於成功說服老奶奶聯絡警方。天色微暗之際，在最近的派出所值勤的兩名警官來了。兩人前去確認西園家的情況後，鐵青著臉返回。之後，大量巡邏車出現，場面一陣混亂。小春就是在這個時候，得知母親的死訊。

「鄰居老奶奶家裡的玄關是拉門，鑲嵌著有紋路的玻璃。我記得當時隔著玻璃看到巡邏車的燈光。紅光打在玻璃的紋路上，十分漂亮。我坐在玄關的脫鞋處，和警察講話的老奶奶不時望向我。然後，老奶奶用圍裙擦著眼淚，坐到我的身邊，欲言又止。於是，我隱約知道媽媽死了。我最後的記憶就到這邊。後來我哭到睡著，又過了好幾天。」

我們並肩坐在長椅上，眼前是一覽無遺的遼闊運動場。稍遠處有一群孩童在玩拋接球，看起來都是小學生的年紀。要是在平常，我一到公園，也會像他們一樣玩拋接球，很少悠閒坐著。

小春從皮包拿出平板電腦，找出案件紀錄。螢幕顯示出犯人逃脫路線的考察資料，還附有西園家周邊的地圖。

穿過西園家後山的樹林，爬上山坡，有一塊停車空地。空地上留有輪胎痕跡。

「犯人當初就瞄準你們家下手嗎？」

如果空地上的車屬於犯人，代表犯人是特意穿過無路可走的地方入侵西園家。犯人可能事先就盯上西園家。

「那個時期爸爸的公司生意不錯，因爲公司買下的外國電影賣座，犯人或許看到相關的新聞報導。」

「電影還能用買的嗎？」

「買的是發行影片的權利，不過爸爸的公司本身也製作過幾部電影。媽媽原本是劇作家。媽媽寫劇本，爸爸出資拍成電影，看了就會回想起以前幸福的時光。爸爸和媽媽就是透過那部電影認識，才會生下我。」

案發幾年後，公司業績一直低迷不振，最後被其他大牌電影製作公司併吞，影片發行權也全被奪走。解釋這些的小春神情非常落寞，在她心中，那應該是相當特別的作品。

「電影的標題是什麼？」

「《蒲公英女孩》（*The Dandelion Girl*）。」

「真是可愛的標題。」

「是從羅伯特．F．楊（Robert F. Young）的短篇小說改編的電影。」

我試著想像電影會是什麼內容，但完全想像不出來。

就在這個時候，一顆棒球朝我們飛來，在稍遠處落地，幾次彈跳後滾到小春的腳邊。玩拋接球的孩童望向我們。

正想把球丟回去，小春早我一步起身撿球。她握住棒球，朝孩童高高舉起手。

「我要丟嘍！」

處於夕陽西下前一小段時間的世界，顯得特別清晰，小春的輪廓也變得格外清楚。飄揚的髮絲、纖長的手臂，棒球離開指尖的瞬間，看起來就像慢動作一樣。白色棒球在空中畫出圓弧，落在孩童面前。丟得不差，姿勢挺有模有樣，大概是常陪長大的我玩拋接球吧。我不禁猜想，肩膀受傷的我還是會在閒暇時玩拋接球。於是，我稍微能想像出，長大的我和小春之間的互動。

「非常感謝！」

孩童們低頭道謝，我覺得彷彿在注視著自己。

一九九九

從大馬路通往西園家土地的入口處，有一棟老舊的民宅。

「去找那戶人家，跟他們說明情況，請他們報警。妳做得到嗎？」

蓮司在民宅前叮囑八歲的小春。女孩嗚咽著搖頭，嘴唇恐懼得發抖。沒辦法，她才剛目睹慘烈的情景，和早有心理準備的蓮司不一樣。蓮司握住小春的手，感受到她的小手直到指尖都一片冰冷。他稍微彎下身，讓兩人的視線同高。

「我不能和妳一起去，妳必須一個人說明。妳做得到，歷史是這麼保證的。」

小春仍顯得十分膽怯，但還是努力理解蓮司的話語。

「聽好，妳不能被悲傷壓垮，留在原地不走。我離開之後，妳要敲這戶人家的門，找人來幫忙，知道嗎？要找警察來喔，妳做得到，這是觀測過的結果。」

「ㄍㄨㄢ ㄘㄜˋ……？」

「沒錯，觀測。」

蓮司重新觀察女孩的面貌。臉型和五官相同，只是年幼許多。眼前的女孩和蓮司熟知的成年的小春，是生長背景連貫的同一個人。此時女孩的經歷，會延續到遙遠未來的小春身上。光是這麼想像就令人覺得不可思議。

「我們還會相見。我們要攜手一起面對，別輸給命運。見到妳眞是太好了，小春，再會了。」

不能一直待在這裡。蓮司抓住女孩的雙肩，輕輕轉向民宅門口。下次再見面，是在她的時間軸上十年之後了。

蓮司背對女孩，折返來時路。途中回頭，只見女孩不知所措地望著蓮司，但沒有追上來的樣子，想必是終究不願回去逃離的地方。蓮司不以爲意，加快離去的腳步。

蓮司走回看得到西園家的位置，屏息躲在草叢後方。蒙面男人應該還在搜刮財物。根據警方的紀錄，屋內有翻箱倒櫃尋找財物的跡象。

接下來是缺乏觀測情報的模糊時段。蓮司和小春重逢後曾統整各自的所見所聞，推測這一天發生的事情，不過他們弄清楚的部分就到此爲止。蓮司必須謹愼行動。

蓮司離開道路，進入樹林。枝椏和植物的藤蔓處處阻擋去路，地面又崎嶇不平，難以筆直行走。不過，即使是在一片雜亂的叢林中，還是有比較方便移動的路徑。成年的蓮司多次到此地調查，掌握了獸徑的所在。

他迂迴繞過西園家的土地，爬上後山的山坡，搶先到蒙面男人停放逃亡車輛的空地埋伏。現在沒必要抓住蒙面男人交給警方。因爲觀測到的歷史並非如此，失敗的可能性相當高。蓮司要做的是記下車牌號碼，若情況允許，在蒙面男人脫下面罩的瞬間，記住他的長相。盡量蒐集能夠鎖定犯人所在位置的線索，以便回到二十年後的未來採取行動。

要是身上有筆就好了，蓮司有點後悔。這樣就能把看到及聽見的情報，寫在手臂和大腿上，說不定會在警方的搜查中派上用場。捨棄背包的時候，連筆都一併丟掉，也許是個敗筆。

直到剛才，蓮司都在擔心一件事。在空地發現的輪胎痕跡，搞不好和案件根本毫無關係。那輛停在空地的車子，如果只是有人偶然停在那裡，這次找出犯人身分的計畫就泡湯了。

不過，現在蓮司非常確定車子和犯人有關。

「前天是兔子，昨天是鹿，今天是你。」

蒙面的男人確實如此低語，代表對方並非隨意選中西園家。若不是偶然經過，應該會想好逃跑的手段。

撥開山坡上茂密的雜草，出現在蓮司眼前的就是他的目的地。此處大約位於西園家的後山中腹，原本似乎是一塊田地，和山腳有道路相連。

空地上停著車。蓮司屏住呼吸，感受到心跳加快。車體是黑色，車款是國產客車，車窗都貼著黑色窗膜，不知道是爲了遮陽，還是不想被路人看到車內。

蓮司壓低身體，聚精會神地觀察。他找到車牌的號碼，深深記在腦中。絕不能忘記這個車牌，必須將號碼確實帶回未來。蓮司在心中不停複誦號碼，一邊祈禱蒙面男人會來這邊。車子還在這裡，表示他比蒙面男人早一步抵達。搜刮完財物的犯人，一定會過來。

一股想要離開草叢、接近車子的衝動湧上心頭，不過蓮司選擇維持現狀，遠遠地觀察。他壓低腦袋移動，從不同的角度觀察車子，並從尾燈的形狀特定出車種。對九〇年代販賣的車款進行研究，終於派上用場。犯人的車款是這個時代街上常見的轎車之一。

蓮司單膝跪在樹木後方，調勻呼吸。就在這個時候，車子微微地動了。輪胎下沉一點，又恢復原狀。

有人在車子裡嗎？剛才看起來就像有人在裡面活動身體，蓮司頓時一陣毛骨悚然。車窗貼著黑色窗膜，他一直沒注意到。原來還有一人在車內待機嗎？也許犯人是兩人一組，一個人負責闖空門，另一人負責駕車逃逸。

西園家方向的樹林出現動靜，蒙面男人撥開雜草現身。犯人來了。

蓮司屏住呼吸，集中注意力。

犯人一隻手上提著名牌包。根據紀錄，名牌包原本屬於西園家，犯人拿來裝洗劫的飾品之類。犯人戒備著周圍，一邊走向車子。他筆直朝副駕駛座前進，走到離車子幾公尺外就舉起空著的手脫掉面罩。

脫下面罩，犯人露出長相，是個臉頰瘦削的青年。看起來像是骨頭上貼著一層皮，薄唇和陰暗的眼神讓人印象格外深刻。爲了在回到未來之後，能夠畫出犯人的素描，蓮司遠遠地將這張臉烙印在眼底。

青年的臉上沒有完成工作的滿足感。他皺著眉頭，一副事情發生差錯的模樣。蓮司能夠觀察青年臉龐的時間只有短短幾秒，對方很快打開副駕駛座的車門，坐進車子。

蓮司猜想，犯人會馬上發動車子，逃離現場。儘管沒看到駕駛座的共犯是一大憾事，但已得到幾個足以鎖定犯人的重要情報，接下來只需目送車子離去，回到未來就好。

然後，他大概會在下山途中滑跤，滾落山坡，撞到頭短暫失去意識。再次醒來的時候，這副身體裡會換回少年時代的蓮司。

在那之後，就會接上他過去的記憶。少年時代的經歷，儘管主觀來看，已是久遠的回憶，實際上卻是不久後就會發生的事情。天空染成一片霞紅，周圍響起唧唧蟲鳴。

然而，過了好一陣子，車子都沒有發動的跡象。

二〇一九

涼爽的晚風吹拂，雲朵緩緩飄動。夕陽沉進雲層後方，天色暗了下來，打棒球的孩童開始準備回家。西園小春在長椅上打著呵欠告訴我：

「蓮司，廁所就在對面，如果想去可以直接過去。」

「好的，有需要我會這麼做。」

「你還不想去嗎？」

「嗯，還沒有感覺。」

這是什麼對話？要是想上廁所，我自然會去，我忍不住滿頭問號。

「比起這個，時間應該差不多了。」

「什麼時間？」

「我回到原本時代的時間。記得妳是說傍晚左右，對吧？」

「嗯，雖然很可惜，不過馬上就要分別。」

根據我在公寓裡聽到的說明，接下來我會在某個時間點撞到頭。不，或者是什麼東西會打到我的頭嗎？由於這陣衝擊，導致我的意識脫離，進行時間跳躍，回到原本的時代。

不過，還不知道會是什麼打到我的頭。因爲向小春說明這一切的長大的我，沒辦法客觀地觀測到那一刻。

「那是幾點幾分發生的？」

「詳細的時間我不清楚。但我和長大的蓮司討論過，就算知道也要保密。」

「爲什麼？」

「爲了好好享受剩下的時間啊。不知情比較能放鬆吧？」

確實，如果知道詳細時間，我大概會不斷倒數距離被打到頭還剩多少時間。這樣就沒辦法悠哉聊天，恐怕我會一直僵著身體，不由自主地保護頭部，說不定還會因此無法回到原本的時代。我還是盡量不要去想好了。

「見到小時候的蓮司，我眞的很開心。雖然說掰掰很寂寞，不過這只是短暫的告別，不用擔心。你有什麼想問的嗎？得到未來情報的機會，可不是說有就有的喔。」

「我希望盡量避免知道這個時代的事情。」

「你想改變歷史，對吧。」

「我想做的並不是改變歷史，規模沒那麼大。」

我純粹是不希望肩膀受傷而已，只要能避免這件事就好。

觀測到的事情一定會發生嗎？或者，憑我的意志能夠改變未來？

我在這個時代見識到各種事物，然而看得愈多，就覺得人生愈來愈狹窄。我將會碰上交通事故傷到肩膀。二〇〇〇年八月十日，那一天我絕對不會出門，這樣應該就能避免遭遇意外。

我必須讓時間軸產生分歧，前往不同的未來。

不過，這樣一來，我和小春之間的關係又會如何？會有所改變嗎？

「蓮司。」

「什麼事？」

我看向小春，她出其不意地湊過來，我們的嘴唇碰在一起。

爲了避免鼻子相撞，小春稍微傾斜臉龐。薄薄的皮膚接觸，感覺有點癢。等她退開之後，只留下一絲餘韻。她在近到能感受到雙方呼吸的距離，像是在引用哪裡的話語這麼說道：

「我們還會相見。我們要攜手一起面對，別輸給命運。」

過於吃驚的我無法反應，只能勉強點點頭。

小春雙眼一彎，嘴角綻出一朵微笑。她從長椅上起身，挺直背脊伸懶腰，露出彷彿說著「我成功做到了」的志得意滿表情。不過，她隨即又發出驚呼。

「嗯？」

小春渾身一僵，望向長椅後方。

「抱歉，蓮司，我去去就回。」

她小跑步奔向那邊的樹林，似乎看到什麼在意的景象。

我完全沒心思去在意。第一次和異性接吻，我備受衝擊。就算告訴少棒隊的其他隊友，他們也不會相信吧。

我摸摸臉頰，感到一陣火熱，說不定還臉紅了。要是小春回來看到，就太羞恥了，去洗把臉吧。這是沖水冷卻臉頰的作戰計畫。

我起身離開長椅，尋找公園的廁所。我按照剛才小春指的方向走。根據告示牌，體育館後面設有廁所，就在停車場旁邊。

涼爽的風拂面而來，路燈已亮起，照亮在周圍飄舞的白色絨毛。

我注意到在廣場玩棒球的孩童大多數都已回家，只剩下兩個人還在拋接球。球落進手套的熟悉聲響聽著非常舒服，棒球在兩人之間不停來回。

雖然是理所當然的事情，不過二十年後還有拋接球這種文化，眞是太好了。我暗暗這麼想著。

廁所出現在眼前，看起來只是一棟簡單的四方形建築，可是一走近，鞋底突然有種古怪的感覺。

鞋子像是被黏在路上。我停下腳步，確認鞋底，發現黏著類似口香糖的東西。我大概是倒楣地一腳踩到有人吐在路上的口香糖。

搞什麼啊，眞是的……

難得心情正好——我才這麼想，後腦杓傳來一陣沉重的衝擊。

×　×　×

西園小春快步追著逃跑的人影。顧慮到懷孕的關係，她不敢全力奔跑。儘管肚子還沒隆起，不過要是影響到小孩就糟了。

在長椅上和蓮司接吻後，小春伸著懶腰，突然注意到一道人影。對方站在樹叢之間，由於天色昏暗，沒能看清臉龐。小春一回頭，對方馬上逃走，非常可疑。小春猶豫片刻，還是決定留下蓮司，追了上去。

只是短短一下子，應該還好吧。回來的時候，十一歲蓮司的意識應該還待在長椅上，不會回到原本的時代。蓮司回去的時刻並不明確，根據成年蓮司的說法，他是在去廁所的途中被打到頭。保險起見，小春剛才確認過，他現在不想上廁所。這樣的話，他應該還會在這個時代停留一段時間。

「等一下！」

快步追逐人影的小春出聲呼喚對方。經過路燈的時候，小春看清對方是穿西裝的男性，瘦削高䠷的背影十分眼熟，她確信自己的想法是正確的。

「請等一下，大哥！」

聽到小春的叫喚，對方死心地停下腳步。下野眞一郎嘆著氣轉身，表情和惡作劇被逮到的蓮司十分相似，不愧是親兄弟。眞一郎的方框眼鏡下，露出尷尬但又有點樂在其中的眼神。

「妳發現啦。」

「該不會大哥一直在跟蹤我們？」

小春逼近眞一郎追問，他別開視線回答：

「我是從餐廳才開始跟著你們，想說不能錯過。爲了見證這特別的一天，我好幾年前就決定今天要休假了。」

「爲什麼要偷偷摸摸躲起來？」

「要是蓮司知道，一定會全力妨礙我。不過，實在令人感慨良多，我眞是看到了不容錯過的東西。二十年前聽說的未來一日，就在眼前上演。現在蓮司那傢伙身體裡的，確實是小時候的他。我在飯店餐廳和蓮司擦身而過的時候，他根本沒發現是我。如果是說謊，至少會偷看一眼吧？」

「這麼一提，那輛車……」

離開餐廳所在的飯店時，小春感覺似乎有車尾隨。當時她以爲是自己多心，或許那就是眞一郎駕駛的車。

「接下來，你們應該是要針對蓮司帶回來的情報進行追查，找出犯案的凶手，對吧？如果需要幫忙，就跟我說一聲。」

眞一郎的外套口袋，露出一截疑似掛繩的東西。

「那是相機嗎？你拍了照片？」

眞一郎從口袋掏出小型數位相機。

「我後悔了，應該帶望遠鏡才對。」

「你拍了剛才的畫面吧？晚點照片請傳給我一份。」

「還以爲妳會要我刪掉……」

蓮司也許會這麼說。畢竟他個性有點害羞，大概會表示不想看到自己接吻的照片。

「大哥，這是很貴重的照片，請盡快備份。」

「我只是想調侃蓮司才拍的，沒想到會大受歡迎……」

眞一郎被小春的氣勢壓倒。那個吻完全是即興演出，蓮司沒說過這件事。如果眞一郎成功拍下那一瞬間，拿來當電腦桌布也不錯。

「其實我很想馬上檢查照片，不過我得先回去了，大哥再見。」

沒錯，現在不是做這些事情的時候，回去和長椅上十一歲的蓮司多聊一點更重要。這麼難得的機會，恐怕一輩子都不會再有。

小春向眞一郎致意後離開，他揮揮手告別。

「那就再見啦，有空大家再一起去吃飯。」

「嗯，好的。」

風開始變冷了。根據天氣預報，今晚到明天會下雨。小春快步走向長椅，一邊抬頭仰望天空。再過不久，成年的蓮司就會從二十年前的世界回來。不知道他有沒有取得足以鎖定殺害雙親的犯人情報，小春在意得不得了，想連珠炮般丟出問題。不過，首先要好好慰勞蓮司才行，畢竟他才剛在二十年前的世界拯救小春。

一旦閉上眼睛，那一天的恐怖遭遇就會浮現腦海。對於小春是二十年前的一天，但對於蓮司，卻是剛逃離的恐怖場面，可能像當時的小春一樣，需要接受心理諮詢。

「蓮司？」

小春回到長椅旁，環顧周圍。直到剛剛還坐在這裡的未婚夫不見蹤影。

「喂——蓮司，你在哪裡？」

小春出聲呼喊，但沒收到任何回音。

小春心中湧起一陣不安。該不會他去廁所了？他明明說還不用去廁所，難道是騙我的嗎？小春前往廁所確認。

透過成年蓮司的記憶，小春知道他是在哪一帶失去意識。蓮司說是在公園的廁所前，踩到別人吐在地上的口香糖，當他檢查鞋底的時候，頭部遭到攻擊。兩人事先已到這座運動公園勘查過地點，小春應該會看到昏倒的蓮司。

然而，那裡也不見蓮司的身影。

到底是怎麼回事？難道是蓮司的記憶出錯？其實，他是在別的地方撞到頭嗎？還是，觀測結果出現誤差，他進入另一條時間軸？

穿棒球制服的兩名男孩嘻笑著推腳踏車經過，約莫是剛才在附近玩拋接球。長大的蓮司曾提及他們，說去廁所的途中，看到玩拋接球的小孩。在這之前，還討論過蓮司被他們丟的球打到頭的可能性。

「不好意思，請問一下……」

聽到小春的叫喚，兩名男孩停下腳步。

「你們在附近有沒有看到一個男人？」

「呃，附近有很多人。」

男孩互望一眼，歪了歪頭。

「是指誰？」

「你們剛才在附近玩拋接球，對吧？」

「對啊。」

「那你們丟的球，有沒有飛出去打到誰的頭？」

男孩們一臉莫名其妙地搖頭，似乎難以理解小春爲何會這麼問。他們不像在說謊，並沒有丟球砸到人。

「我明白了，謝謝。不好意思，問了奇怪的事情。」

小春問完後，男孩們便告辭，推著腳踏車離開。

這下傷腦筋了，他會消失到哪裡去？

小春試著在周圍走動，並且不停呼喚蓮司的名字。

「蓮司，你在哪裡？」

路燈一盞盞亮起，隨著天色變暗，運動公園的人逐漸減少，連遛狗的人也不見影子。

小春走遍體育館和網球場四周的小路，尋找蓮司的蹤跡。若是平常，小春會直接拿手機打給他，但現在他身上沒帶手機。

小春改為聯絡眞一郎，他馬上接起電話。

「喂，大哥？你在哪裡？」

「我還在公園的停車場，正準備離開。蓮司怎麼樣？他回來了嗎？」

「關於這件事……」

小春向眞一郎解釋情況，眞一郎馬上加入搜索。不過，他似乎缺乏運動，稍微繞了幾個地方，就喘得上氣不接下氣。剛才也是，他拔腿逃離現場，小春卻快步追上。他在運動方面完全不行。

「妳覺得時間跳躍現象發生了嗎？」

眞一郎詢問，小春點點頭。

天色暗了下來，少年時代的蓮司想必已回到二十年前。沒能親眼見證很可惜，不過現在不是遺憾的時候。

「也就是說，長大的蓮司已回到這個時代。那傢伙該不會醒來後，就搭公車回去了吧？」

「我們事先推演很多次。蓮司在公園醒來的時候，我應該會在附近，然後就一起回家。即使周圍沒看到我的身影，他應該也會出聲找我。」

「哎，到時候他就會主動聯絡吧。」

眞一郎一副筋疲力竭的樣子，一屁股坐上附近的長椅，接著拿出數位相機，看起剛才拍的照片。他對弟弟抱持信心，就算發生什麼狀況，蓮司也能設法解決。

不過，小春卻難以壓抑不安，擔心蓮司是不是碰上意想不到的遭遇。十一歲的蓮司回到原本的時代，代表現在世界正步入無人觀測的歷史，不管發生任何事情都不奇怪。

話雖如此……小春還是頗在意眞一郎拍的照片。

「請讓我看看。」

小春從眞一郎手中接過相機，液晶螢幕上顯示出從遠處拍下的蓮司和小春。按下按鍵，便一一切換成兩人走進餐廳的偷拍畫面、在車站前的步道散步的畫面，以及去晴空塔參觀的畫面。微單眼的數位相機雖然拍照比手機強，但如同眞一郎所說，有望遠鏡頭會更好。接吻的瞬間雖然隔著一段距離，不過拍得很不錯。

小春看著一張張的照片，突然注意到一件事。她局部放大眼前的照片，心中更加疑惑。

這是怎麼回事？小春有股不祥的預感。

「怎麼了嗎？」

眞一郎偏頭望著小春。

小春搖搖頭，這件事連她都搞不清楚，說不定純粹是偶然。只是，她心底的不安逐漸增大。

彷彿隨時會下起雨的烏雲，從西方洶湧而來。

一九九九

呼喚聲傳入耳中。身體好疲憊，像全力奔跑後一樣沉重。更讓人難以忽視的是頭部的疼痛，感覺是一跳一跳地抽痛。在一片漆黑的視野中，呼喊我的聲音變得愈來愈清晰。我彷彿從黑暗的大海中浮出水面，睜開眼睛。

「喂，小朋友，你沒事吧？」

素未謀面的男人擔心地低頭注視著我，他一身務農的裝扮。聞到泥土的味道，原來我仰躺在地上。

這是哪裡？看來不是剛才我和西園小春所在的運動公園。旁邊是雜草叢生的山坡，另一邊是田地，而我就躺在兩者的分界。天色雖然昏暗，但還不到全黑的程度，隱約能辨識周圍的景色。我試著站起，不料腳步虛浮，難以直立。

「你先坐著吧，說不定有受傷。」

男人讓我坐回地面。盤腿坐下之後，鞋底不經意地映入眼簾。奇怪，黏在鞋底的口香糖不見了。

「啊，對了……那是……」

我是在運動公園踩到口香糖。

我陷入混亂。那一切都是夢境嗎？不論是我長大後的身體、小春嘴唇的觸感，以及二十年後的東京街貌，全是夢中的世界嗎？就算是這樣，未免太真實……

我的身體變回小孩的狀態，手腳是熟悉的長度。我拉開上衣領口，檢查右肩的狀態，沒有交通意外留下的傷痕，不過我全身都是泥巴。

「請問，這裡……發生什麼事？」

如果在夢中聽到的故事是真的，我大概知道答案。

「你不記得了嗎？」男人面色凝重，「你突然從山坡滾下來，嚇我一跳。我帶你去醫院吧。你好像有撞到頭，給醫生看一下比較好。」

「現在是西元幾年……？」

男人對我的問題感到困惑，但還是如實回答。一九九九年，看來我回到原本的時代了。

田地旁邊有一輛小貨車，男人要開小貨車載我去醫院。走近小貨車，只見車牌上標示著「鎌倉」的文字。小貨車亮起車頭燈，緩緩在山路上前進。順著山路蜿蜒向下，來到比較寬敞的道路時，貨車和好幾輛巡邏車交錯而過。

男人將小貨車停在醫院的停車場，帶我進醫院。他向櫃檯的護士小姐說明情況之後，就道別離開。男人轉身離去，換護士小姐帶我進診間，還要求我躺在床上以防萬一。

「我去找醫生來，你在這邊等一下。」

護士離開之後，我望著天花板，想起小春跟我的對話。記得她曾叮囑我，盡量迅速遠離這個城鎮。犯下殺人案的凶手還在附近，凶手看過我的臉，所以我的處境很危險，最好馬上回宮城縣的老家。小春是這麼說的，實際上到底如何呢？

她說未來的蓮司已準備好回家的新幹線車票。醫院中庭有一座獅子雕像，要我記得去檢查獅子嘴裡。她用魔法般的平板電腦，給我看了幾張醫院的照片。我還記得從診間到中庭的路線。

去瞧瞧好了。如果獅子雕像的嘴裡確實有車票，我就能相信一切並非夢境。

我起身探頭窺望走廊。如果護士抓到我，說不定會被帶回來。我回想著顯示在平板電腦上的醫院平面圖，穿過門口，來到建築物外面。

只見一條小路從修剪整齊的樹籬之間延伸而出。夜晚的空氣十分怡人，這裡應該就是中庭。

獅子雕像位在小路的深處。燈光打在雕像上，是一隻臥在台座上的獅子，只有頭抬起來。雕像和機車差不多大，我要挺直背脊才能勉強搆到獅子的嘴巴。獅子張開的嘴巴上下排都有牙齒，我將手伸進兩排牙齒之間。

指尖好像碰到什麼，拿出來一看，是眼熟的筆記本。為什麼會在這裡？我感到十分不可思議。這絕對是我的東西，是我扔在房間書桌上的筆記本。我翻動紙頁，迅速掃一遍內容。筆記本裡寫著大量文字和曲線圖之類的圖表，還夾著紙鈔與新幹線、電車的車票。

一切都不是夢，我的意識確實曾進入二十年後的身體。今天一整天，和我互換身體的長大後的我，意識就是在這副身體裡行動。上衣有一點破損，大概是從山坡滾下來的途中弄破的。

總之，先離開鎌倉吧。如果遇到逃亡中的犯人，恐怕會很危險。我不知道對方的長相，對方卻知道我的模樣。不過，根據觀測結果，我應該能夠成功離開鎌倉，所以不用那麼緊張。

我走到醫院正面的道路上，眼前恰恰停著一輛計程車。我一走近計程車，後座車門就自動打開，彷彿一直在等我。我第一次單獨搭計程車，不太清楚該怎麼做。只要告訴司機目的地就行了嗎？正當我不知所措的時候，司機轉頭問：

「我記得你是要去車站？」

「是的，麻煩了。」

司機的說法讓我有點在意，簡直就像他認得我。還是，他認錯人了？

計程車發動，將醫院拋在後頭。我靠著椅背，吐出長長一口氣。我累慘了，而且渾身都痛，還有瘀青的痕跡。實在很想逼問長大的我，究竟發生什麼事？

× × ×

天色暗了，蓮司卻遲遲未歸。母親擔心得跑去派出所找警察商量，又打電話給蓮司的同班同學，確認蓮司有沒有去他們家。一個少棒隊的隊友說在車站附近的電話亭見過蓮司，並和他交談。除此之外，沒有其他目擊情報。

下野眞一郎在客廳玩掌上型遊戲機，一邊等待弟弟返家。母親在客廳和廚房之間走來走去，一副坐立難安的樣子。

「那孩子說過可能會很晚回家，還叫我們不用擔心。」

父親在廚房喝咖啡，不停抖著腳。

上午時分，頭被砸到的蓮司回家之後，馬上又騎著腳踏車出門。當時他雖然和父親說過話，但並未交代目的地。

蓮司到底去哪裡了？他是離家出走嗎？還是頭部遭受大力撞擊，陷入夢遊般的狀態，正在街上遊蕩？

晚上十一點左右，家中的電話響了。母親立刻接起電話，而後露出鬆一口氣的表情。是蓮司打來的，眞一郎心想。

「你到底在哪裡？」

母親責問電話另一端的弟弟。他似乎在離家最近的車站，開車只要五分鐘左右。

父母去接弟弟。眞一郎觀看深夜節目的時候，聽到車子的聲音，三人到家。眞一郎原本猜想，弟弟這個時間還在外遊蕩，應該會在車上挨一頓臭罵，但雙親出乎意料地溫柔對待他，大概看到兒子回來，主要還是感到安心吧。而且回到家中的蓮司有點失魂落魄，就算出聲叫他，也只會簡單應聲。不僅全身髒兮兮的，上衣還破了洞。眞一郎不禁擔心弟弟捲入奇怪的糾紛。

「歡迎回家，蓮司。你到底上哪裡去了？」

眞一郎詢問蓮司，只見打著呵欠的弟弟搔頭回答。

「嗯……就算我說了，你也不會信。」

弟弟洗完澡，一身清爽地回到房間。眞一郎和父母一起去房間看望他時，發現蓮司直接倒在床上，連棉被也沒蓋，就這樣睡著了。

隔天是星期一，蓮司在父母的要求下休息一天，並被帶到醫院，再次進行頭部檢查，不過檢查結果毫無異常。當眞一郎從就讀的國中放學回家時，難得看到弟弟坐在書桌前，攤開筆記本。眞一郎才感到詫異，蓮司又衝進客廳，將電視頻道切到新聞節目，專心盯著鎌倉市強盜案件的報導。

父母找機會探問弟弟昨天到底在哪裡做什麼，卻只得到令人摸不著頭緒的模糊答案。

「我不太記得，一回神就在車站前。不過，我現在沒事，完全好了。」

雙親放棄追問。對他們來說，儘管在意兒子去哪裡做了什麼事，但能平安回家是最重要的。

弟弟從星期二開始正常上學，母親卻被各種雜務纏身。她接到通知，出門取回丟在車站的腳踏車，又去派出所詢問有沒有人送長夾到失物招領處。蓮司不記得自己騎腳踏車出門，也不記得自己拿走母親的長夾。

異常氣候造成的蒲公英絨毛飛舞現象，隨著時間過去逐漸減少，終於完全消失無蹤。

某天，眞一郎來到弟弟的房間。弟弟雖然不在，不過他的書桌上放著新聞剪報。眞一郎納悶地一瞧，原來是前些日子，神奈川鎌倉市發生的強盜殺人案的剪報。電影發行公司的社長夫婦遇害，犯人至今仍在逃亡，只有年幼的少女存活。除了棒球以外，對其他事情毫無興趣的弟弟會收集剪報？眞一郎大受衝擊，不禁懷疑弟弟的腦袋還沒恢復正常。

「哥，原來你在這裡。」

弟弟站在房門口。

「喂，蓮司，這是怎麼回事？你到底怎麼了？」

眞一郎抓著新聞剪報質問。如果是喜歡的棒球選手的報導，眞一郎還能理解，然而弟弟會收集這種案件的剪報，卻是難以想像的行爲。

蓮司抓著理得短短的平頭，露出下定決心的表情。

「哥，我有一件事想跟你商量。」

「什麼事啊？這麼嚴肅。」

「你記得之前我有一天很晚才回家嗎？其實那一天，我經歷了奇妙的狀況。由於實在太不可思議，我一直沒說出來。如果全盤托出，恐怕會被懷疑腦袋不正常。」

「到底發生什麼事？我剛剛才在想，你的腦袋是不是怪怪的。」

「雖然你大概不會相信……」

弟弟愼重地娓娓道來，由於內容實在太離奇，眞一郎聽得目瞪口呆。弟弟在棒球練習賽中，被球打到頭而失去意識，睜開眼睛後，身體竟變成大人，去到二十年後的未來。他在那個時代渡過一天，又回到原本的身體，只不過醒來的時候，人躺在神奈川縣的鎌倉市。

「開玩笑也要有個限度。」

「但我在二十年後的未來聽到的案件，眞的發生了……」

蓮司看向新聞剪報。根據弟弟的說法，長大的蓮司和十一歲的蓮司交換意識，來到這個時代。如果弟弟的話屬實，那一天在家裡和他交談的就是成年的蓮司。他爲了從強盜手中搭救名爲西園小春的八歲女孩，動身前往鎌倉。弟弟看起來不像在撒謊，說明一切的語氣非常認眞。

「你在二十年後的未來，看到了什麼？」

「我看到了傷痕。長大的我碰上交通事故，肩膀受到嚴重的傷……」

「有什麼證據嗎？你沒從未來帶什麼東西回來？」

「到未來去的只有我的意識，所以什麼東西都沒帶回來。不過，說不定這算得上是證據。」

蓮司從書桌抽屜拿出一冊筆記本，感覺還沒怎麼使用過。根據蓮司所說，筆記本和新幹線的回程車票一起藏在鎌倉市的醫院中庭。

「長大的我寫了很多……但我完全看不懂。」

眞一郎接過筆記本隨意翻閱。不論哪一頁都是鉛筆潦草寫下的文字及數字，還有類似曲線圖的圖表。眞一郎不確定這是不是蓮司的筆跡。即使小時候字很醜，長大後筆跡也可能變得比較整齊。

眞一郎發現其中一頁寫著六種數字，根據說明，這是LOTO6的中獎號碼。LOTO6？那是什麼？眞一郎沒聽過這個名稱。

「總之，你不要告訴任何人。要是說了，會讓大家擔心的。」

眞一郎闔上筆記本，對弟弟如此叮囑。

× × ×

我是在新幹線列車上寫這封信。當你讀到這段文字的時候，你應該已去過二〇一九年。你所見到的未來，和我見到的未來是一樣的嗎？如果你和我是連續的相同存在，我能明白你的困惑及心中的憤怒。

可是沒時間了，就別忙著為不公平的命運唉聲嘆氣。接下來，我會在筆記本寫下一些資訊，現在的你或許無法理解……

信的後面繼續寫了下去。這是筆記本上給我的一段文字。

我不知道自己是不是眞的去了二十年後一趟。有時我覺得那不是現實，有時又覺得那一天果然不是幻想。

打開電視，發現節目上正在介紹一種名爲ETC的技術，似乎是用於高速公路的電子收費系統。從明年起會引進部分地區試行。然而，我已在小春開的車子上，實際體驗過

ETC系統。

進入七月，世界並未如諾斯特拉達姆士的預言一樣毀滅，可是八月過沒多久，我的世界卻崩塌了。

我十一歲的暑假是在醫院度過的。我暫時無法下床隨意行動，只能恍惚地盯著電視上職棒相關的新聞打發時間。

「爲什麼會變成這樣？」

來探病的哥哥打開窗戶，一邊說道。窗外傳來蟬鳴聲，夏天的熱氣透進屋內。

「肩膀的事情，我很遺憾，蓮司……」

我在二十年後的未來，得知總有一天我會碰上交通事故，被迫放棄棒球。爲了避開這件事，小春告訴過我車禍會在什麼時候發生。二〇〇〇年八月十日，這一天照理來說是車禍發生的日期，我向她確認很多遍，不會有錯。不料，車禍卻提早發生。

一九九九年八月十日，去附近朋友家的途中，我才在想似乎有車子的聲音接近，下一秒腳踏車就被撞飛。我摔到地上，勉強還有意識，身體卻動彈不得。在被救護車送往醫院的路上，我的腦袋充滿疑問。

爲什麼？不是應該在一年後才發生嗎？難道小春騙我？還是，我搞錯西元日期？撞我的車子肇事逃逸，至今仍未抓到，不過無所謂了。我的怒氣矛頭對準神明，覺得大概是神明執意要毀了我的肩膀。神明發現人類想改變命運，故意把車禍的日期提前一年，因爲祂不允許有人更改寫好的劇本。

接受手術後，過了一陣子，醫生找我們進行談話，說明肩膀的狀況和今後能否打棒球。明明已有覺悟，我仍在父母親面前哭了。我從小懷抱著棒球夢，收到玩具棒球當禮物，就能夠玩上一整天。看電視轉播職棒比賽，我常常會想像自己在場上的情景。我睡覺也握著棒球，人生絕大部分的時間，都在進行成爲職棒選手的特訓。我尤其喜歡練習賽中，投手丘的氣味及緊張感，風裡還能隱隱約約聞到塵土味。我甚至期待自己將來當上職棒選手，人應該至少擁有作夢的權利。

我趁換繃帶之際，觀察傷痕。縫補皮膚和肌肉的痕跡，跟我在未來看到的手術傷疤形狀相同。觀測到的事件，比預想中更早變成歷史。

失去棒球之後，我究竟剩下什麼？

我懷著灰暗的心情，哭了一天。

出院之後，我開始做復健運動，不過狀況完全沒有好轉，連日常生活都有困難。我陷入陰鬱的情緒，在自家簷廊活動右手，突然有人出聲搭話。

「嘿，搭檔。」

「唷，搭檔，狀況如何？」

向我搭話的人是同在少棒隊的山田晃，他穿著滿是泥土的球隊制服，平頭上還頂著閃閃發亮的汗水，大概是練習後順道過來。我們是投手和捕手的關係。每天都是我投球，他接球，球會伴隨著「砰」的清脆聲響，落進他準備好的捕手手套裡。想起那些情景，我就忍不住熱淚盈眶。

「我的右手好不容易才能抬起來。肌肉現在像石頭一樣僵硬，煩死人了。如果硬要動，肩膀就會裂開似地疼痛。」

我緩緩抬起右手，說明狀況。

「那你應該還要一陣子才能來參加練習？」

「與其說一陣子，搞不好一輩子都沒辦法了。教練沒提過這件事嗎？」

「教練說了，不過我不相信。」

「不，你就相信吧。」

「我沒辦法想像不打棒球的蓮司。只要認眞復健就沒問題，一定能再打棒球。」

「是嗎……」

緩緩轉動右手，彷彿針刺的痛楚害我皺起臉。

山田晃擔心地看著我。

「我常常想起，之前你跟我說的事情。」

「什麼事情？」

「我不是告訴你，上國中後可能就不打棒球了？」

「咦，我沒聽說啊？」

「你居然不記得。」

我搜索記憶，但還是沒印象山田晃曾找我商量。

「哎，總之當時你鼓勵我絕對不要放棄，所以我才決定繼續打棒球。」

「那是什麼時候？」

「四月底左右。我們不是在車站附近的電話亭旁邊講話嗎？就是你在投手丘上被球打到，昏倒的那一天。」

那不就是我的意識跑去未來的日子嗎？如果是這樣，當時和他交談的身體裡，裝的應該是大人的我的意識。怪不得我沒印象，就先順著他的話說吧。

「確實有這麼一件事……」

「蓮司，長大後我們也要繼續打棒球喔。」

「如果我的肩膀能恢復原狀再說吧。」

「沒辦法恢復原狀也沒差，就算你只能丟出軟趴趴的球。反正，不管你變成怎樣，都還是能打棒球啊。」

啊，沒錯，我心想。

先前我徹底陷入絕望，然而，我並不是完全不能打棒球。雖然沒辦法像以前那樣，不過能不能成爲職棒選手是一回事，即使投不出快速球，我也還是能打棒球才對。鬱悶的心情頓時變得輕鬆了一點，我向山田晃道謝。

「謝啦，搭檔。」

「我會再來探病的，搭檔。」

我目送友人離去，繼續活動右手。

從那之後，我開始思考除了棒球以外的人生。首先浮現腦海的，就是她的事情。我經常確認關於鎌倉命案的新聞，一看到報紙和雜誌的報導就會剪下來保存。從犯人魔掌下逃出生天的八歲女孩，沒有後續的消息。如今她在哪裡生活？是在福利機構，還是親戚的叔叔家？

想起西園小春，我的胸口一陣騷動。她在公園將球丟給棒球少年的身影，在我心中留下深刻的印象。搭她開的車、在公寓裡聽她說明複雜的時間跳躍時，明明都沒什麼感覺，但在那一吻之後，我漸漸在意起她。我喜歡她嗎？還是，只是知道我們將來會結婚，才忍不住想起她？

失去人生重大目標，我的心情常陷入低谷。遇上這種時候，我就會想起她哼的曲子。

「別輸給命運。」她這麼鼓勵我。那句話鞭策著我爬起來，更加深我對她的感激。

曾幾何時，拯救還是小女孩的她，並幫忙查出犯人，成為我新的人生目標。

二〇〇〇

下野眞一郎通過考試，進了升學學校就讀。ＬＯＴＯ６這個詞傳入他的耳中，是進入十月後沒多久的事情。電視新聞上大肆報導即將發行的新彩券。從1到43中選出六個數字，支付幾百圓，就可拿到一張抽獎券。到了開獎日，系統會隨機選出六個數字，當成中獎號碼。自己選的數字和中獎號碼有三個以上相同，便能拿到獎金。

眞一郎對ＬＯＴＯ６這個詞有印象，去年弟弟蓮司突然失蹤，直到深夜才返家。當時他帶回來的筆記本上，寫有這個詞和一串數字。於是，眞一郎到蓮司的房間，要弟弟拿出筆記本。

「寫下這個詞的是來自二十年後的你，對吧？」

「嗯，應該沒錯。正確來說，是從現在開始的十九年後。」

蓮司做著右肩的伸展運動。持續復健一年以上的結果，他的右肩已恢復到日常生活沒有問題的程度。

眞一郎翻開寫著ＬＯＴＯ６的頁面。之前翻看，還不知道ＬＯＴＯ６是什麼。這也沒辦法，畢竟去年ＬＯＴＯ６根本尚未出現。

筆記本上面的數字串大概是中獎號碼，旁邊還寫著是第幾次的開獎。下週開獎的中獎號碼也在上面，如果現在去彩券行買這組號碼，應該趕得上開獎日。

「不然，我們試著買買看好了。」

眞一郎上高中的同時，也開始在餐廳打工，但他和店長個性不合，一直想辭職。雖然會不會中獎還是個疑問，不過要是能中獎，就可下定決心辭掉打工。不用中大獎也沒關係，足夠買幾千圓的遊戲軟體就好。

眞一郎跟弟弟說一聲，帶走筆記本。記得超市的停車場附近有彩券行，那裡應該也會賣LOTO6的彩券。眞一郎馬上決定出門去買。他將筆記本捲成筒狀，輕輕敲著肩膀外出。

眞一郎騎著腳踏車來到附近的超市，向彩券行的老闆娘詢問LOTO6的選號方法。他參照筆記本上面的數字，拿鉛筆塗黑六個號碼。只要兩百圓就買得到一張彩券。

開獎日是隔週的星期四，刊登著中獎號碼的報紙會在翌日送到。星期五早上，眞一郎打著呵欠，鑽出被窩。他洗完臉，再次戴上眼鏡，確認送來的報紙上的中獎號碼。他其實沒抱太大期待，即使是未來的情報，仍可能出錯。畢竟弟弟遇上車禍的時間，也有整整一年的誤差。

他在報紙的各種資訊中找到中獎號碼。LOTO6的中獎號碼，刊載在方形欄位裡。

「眞一郎，報紙看完了嗎？我蹲廁所想看報紙。」

父親的呼喚從背後傳來，但眞一郎聽若罔聞。他拿著彩券，發現自己選的六個號碼，就印在報紙上。他不斷比對著彩券上的號碼，和報紙上的中獎號碼。

「蓮司，你差不多該起床了！」

母親的催促聲從樓梯的方向傳來。她在叫二樓的蓮司起床。

「喂，眞一郎……」

父親的呼喊傳進耳中。

中獎號碼的旁邊，一併刊載了中獎金額。眞一郎以指尖數金額的位數。不，應該是搞錯了。他這麼想著，再次確認六個號碼，然後又數了一遍金額的位數。

「呃，蓮司……」

眞一郎想呼喚弟弟，卻發不出聲。

弟弟活動著肩膀，一邊走下樓梯。

「早啊，哥……怎麼了？」

眞一郎對於旁人眼中自己的模樣毫無概念。不知何時，父母擔心地默默看著他。

LOTO6的彩券只是一張小紙片，眞一郎把彩券遞給蓮司。

「這張中獎了……」

「哦，總共能拿到幾百圓？」

「你啊，還收著那筆記本嗎？沒丟掉吧？」

「嗯，我收在書桌抽屜裡。」

眞一郎跑上樓，衝進弟弟的房間。他拿出筆記本翻開，研究之前飛快掃過的曲線圖。

根據旁邊的說明，這是日經平均股價的趨勢圖。這不是過去的資料，而是記載今後二十年間的股價漲跌。其他紙頁上，還有好幾張記載著今後上升的主要股票，及股價漲跌的簡易圖表，並且註記了不熟悉的詞彙和相關說明。雷曼兄弟事件？虛擬貨幣？雖然眞一郎不太清楚，但這些一定是重要的關鍵字。

「老哥，怎麼了？」

蓮司走上二樓，眞一郎畢恭畢敬地將筆記本放回桌上。

「你要妥善收藏這一本，並愼重保管。」

弟弟說不定眞的瞥到未來世界的一角。眞一郎先前並非不信，只是他傾向秉持模糊的保留態度，認爲可能有這麼回事，但也可能全是弟弟的妄想。不過，現在眞一郎完全相信弟弟所說的話。

序章
第一章
第二章
第三章
第四章
尾聲

序章
第一章
第二章
第三章
第四章
尾聲

二〇一一

西園小春在高級公寓的房間內，出神地望著政府開的記者發表會。福島第一核電廠爆炸了。她拿起手機，在推特上搜索相關資訊。網路上關於放射性物質的議論激烈交鋒。

二〇一一年三月十一日，以三陸海岸外海的太平洋海底為震央，發生了地震。海嘯襲向東北地區，呑沒居民及民宅，對核電廠造成損害。關東地區的電力供給不穩，小春平常去的便利商店也為了節電，燈光昏暗。由於人們大量搶購乾電池和糧食，導致店內架上的空缺格外顯眼。大學已開始放春假，不需要去學校的小春，觀察著東京電力公司的股價受到核電廠意外的影響而暴跌，膩了就開始在網路上蒐集自稱Dandelion的謎之人物的相關意見。

Dandelion是推特的帳戶名，性別不明，年齡也不清楚。

二〇一一年三月十一日，東北地區會發生大地震。

住在沿海地區的大家，請提防海嘯。

Dandelion發表這篇文章，是在地震發生一年以前。在那之後，此人就定期發表地震和海嘯的相關對策。幾則推特發文廣爲流傳，被人收集統整成一篇報導。不過，這一類預言並不稀奇。某個匿名留言板上，有人宣稱來自未來，留下各種預言，蔚爲話題。對照之下，Dandelion的發言算是比較克制，只是平淡地發文，告知發生地震時應該採取的行動，提醒東北地區沿岸居民要進行避難。

隨著三月十一日接近，Dandelion的推文數也增加了。提醒大家提高防災意識的文章連著幾天在網路上散布。Dandelion的地震預言被媒體視爲網路傳言做成報導，不過大多是歸爲引起社會不安的擾人帳號，批評關於地震的推文只是想賺追蹤人數的表演而已。雖然有少數人相信預言，不過大部分的人都冷眼以待，直到地震發生的那一天爲止。

Dandelion是誰？地震發生之後，這個帳號就陷入沉默。他一概無視來自社會大眾的稱讚、感謝和疑問。網路世界針對他的眞實身分進行大規模考察。然而，Dandelion並未回覆任何質疑，直接關閉帳號。從此，這個名字成爲網路上諸多不可思議事件之一，流傳下來。

春假結束，小春成爲大學二年級生。這是她獨自生活的第五年，在那之前，她都上寄宿制的學校，住在學校的宿舍。叔叔每三個月一次，會帶著土產來，是她唯一的期待。土產的玻璃馬擺設，至今仍裝飾在房間內。

即使賞花季節到來，社會大眾普遍仍處於自肅的狀態。小春在能看到櫻花的咖啡廳打工，聽到店長嘀咕客人比往年少。大學同學曾邀她去唱卡拉ＯＫ，小春猶豫一會，還是拒絕了。對方也許不會再邀第二次，不過她完全無所謂。

小春有避免與人交往的傾向。她能做到生活所需最低限度的溝通往來。接待客人能擺出笑容，同學搭話也能做出無懈可擊的回應。然而，她不會和其他人說太深入的私事。只要和別人變得親密，她就會害怕逃離。

即使如此，小春的狀況比當初在宿舍生活好多了。由於受到父母遇害的衝擊，她罹患失語症。偶爾閃回的記憶，會讓她流淚痛哭。和別人建立正常的關係，對當時的她而言，根本難如登天。

走在從車站通往大學的步道上，她總是很難受。途中她會在噴水池旁的長椅坐下休息，看到認識的面孔路過，就會帶著笑臉打招呼，但她知道自己內心其實非常疲憊。無法和同學同樂，是當年的陰影依然揮之不去的緣故。

儘管經過十年以上，她仍懷抱著恐懼、悲傷，及對犯人的憎恨。她感受不到存活下來的喜悅。即使到了現在，她心底的某處，依然躲在書房的衣櫃裡。她至今還困在鎌倉父母遭人殺害的房子裡，根本出不來。

雖然有男生向她表示好感，不過她胸口從未感到悸動。她無法對異性抱持戀愛情感。即使和男生說話，她也會放空，思考起別的事情。每每浮現她心頭的，都是當時的少年。

噴水池在陽光反射下顯得十分耀眼。細微的水氣在空氣中擴散，形成薄薄的彩虹。

「不好意思，請問妳是西園小春嗎？」

一名男子向坐在長椅上休息的小春搭訕。年紀和小春差不多，或比小春稍微年長。他是同一所大學的學生嗎?他的眼神讓人很在意。只見他瞇起眼睛，彷彿與懷念的人重逢。

「不是，你認錯人了。」

小春決定裝傻。

「那是騙人的吧。」

他坐在長椅另一端。小春雖然想逃，但擔心太露骨的閃避會惹惱對方，還是稍微講幾句話比較好，於是開口問：

「我們在哪裡見過嗎？」

小春搜尋記憶，但毫無印象。對方穿著牛仔褲和襯衫，沒戴任何飾品。他露出不知如何回答的表情。

「我們見過，只是一起行動了一天而已。」

小春再次確認男子的長相。他瘦高的體格，有著從事某種運動的氛圍，不過小春還是想不起來。

「那是什麼時候？」

「從現在開始的八年後。」

「八年後？」

「所以，妳想不起那一天的事情，也是無可厚非。」

對方應該是在惡作劇，小春做出判斷，從長椅起身。

「那麼，我會翹首期盼那一天。」

「等等，讓我解釋一下。今天我會來到這裡，也是妳要我這麼做的。」

「我嗎？」

他坐在長椅上搔著頭，像在煩惱該如何講解難題。小春突然覺得他有點面熟，或許真的在哪裡見過。

「是我要你到這裡來嗎？」

「沒錯，當時妳是二十八歲。妳告訴我，到時妳會在這裡，要我來找妳。」

你覺得這番話會有人信嗎？

小春脫口而出前，男子搶先一步解釋：

「妳說這是觀測的結果。」

「咦？」

「妳說我們在這裡重逢，是觀測的結果。」

觀測結果，小春很久以前聽過這個詞。

那天救了她的少年曾這麼說。

小春坐回長椅。

「你的名字是……？」

下野蓮司。男子報上名字，並說明怎麼寫。

「眞是少見的姓氏。」

「常有人這麼說。」

「我是西園小春。」

「我知道。順帶一提，這是我們各自的第二次相遇。我第一次遇到妳，是在從現在起的八年後；但以妳的主觀來看，則是相隔十二年。雖然有點複雜，不過我們初遇對方的時間和年齡並不相同。」

相隔十二年，也就是說，小春在父母遇害的那一年見過他。

聽到這裡，小春有一種預感。

「那麼，你該不會就是……」

小春有點害怕問出口，也許一切只是她想太多。

眼前的人，說不定就是她一直在尋找的少年。

她擔心那名少年搞不好死了，或猜想他可能被犯人發現擄走，畢竟他最後是往家裡的方向走去。

「那一天，我也在鎌倉。」

彷彿知道小春想問什麼，他如此回答。

×　×　×

坐在長椅上的西園小春，比我記憶中的她年輕，而且消瘦到令人擔心的程度，飄忽不定的視線顯得缺乏自信，給人一種不知道自己是否被允許存在於此的印象。

我在未來見到的她，感覺更可靠沉穩。不過，或許當時我的內心是十一歲的小孩，又處在搞不清楚情況的狀態，因此覺得她看起來格外成熟。重逢後，感受到西園小春年紀比我小，依舊是令人聯想起老家玄關門口的白色陶瓷擺設的女性。

上前搭訕引起她的戒心了，不過她注意到我似乎就是案發當天搭救她的少年。我們一邊聊天，一邊沿著步道前進。由於速度太慢，行人紛紛超越我們。

「你到底是什麼人？爲什麼那一天你會在我家？」

小春提出質疑，似乎長久以來都抱持這個疑問。

「這個世界上，會發生各種我們難以想像的怪事。例如，最近有個叫Dandelion的推特帳號，說中了地震的發生日期。」

「我知道，是做出預言的人。」

「超越人類智慧的情況確實會發生，甚至有人能跨越時空，預知未來。希望妳以此爲前提聽我說……」

我說明自己身上發生的事情，繼續走著。十一歲在棒球練習賽中，我被球擊昏失去意識，等到醒過來，已身處二〇一九年的東京。我在那裡遇見西園小春，共度了一天。

大學正門就在前面。我雖然不是這個學校的學生，仍和小春一起走進校園。學生往來交錯的校園中，種植著鮮綠的人行道樹。有學生在樹木旁蹲下，拿小型機械接近地面。機械裝在透明的塑膠袋中，應該是用來探測輻射計量的蓋革計數器（Geiger counter）。自從核電廠發生氫氣爆炸，人們就對輻射量非常敏感，會在網路上購買蓋革計數器，對不同地方進行測量，為數據感到放心或不安。包覆著蓋革計數器的塑膠袋，似乎是為了防止輻射物質附著在檢測器上。即使外面包一層塑膠袋，計數器也能正確地檢測出輻射。

「換句話說，那天救了我的，就是跨越時間進入小時候的身體，成年的下野先生？」

「所以，現在的我沒有那天的記憶。不過，根據妳的說法，我似乎做得不錯。」

意識跨越時間，小時候的一天和長大後的一天互相交換。雖然有點複雜，不過她似乎大致理解了。小春一邊走，一邊瞥向戴在纖腕上的手表。看來，上課的時間快到了。

「妳是不是差不多該去上課了？」

「我今天請假。」

我們走進大學裡的咖啡廳。透過大片玻璃窗，可將校園一覽無遺，是一處舒適宜人的空間。我隔著桌子與小春面對面品嘗咖啡。

「好喝。」

「你喜歡咖啡嗎？」

我享受著咖啡的香氣，啜飲咖啡。

「我以前不喝咖啡，不過自從我在咖啡店打工，就對咖啡豆比較熟悉了。那是業餘棒球同隊的大叔開的店。」

「業餘棒球？」

「每到週末，我們就會在堤防練習。很好玩喔，小時候我曾參加棒球隊。」

「啊，所以當時你才會理平頭。」

她似乎記得我小時候的模樣。我對上她的視線，她便害羞地垂下目光。我決定不說出我們將來可能會結婚的事情，這是需要謹慎對待的訊息。

閒聊一會，我切入正題。

「妳到現在仍清楚記得案發的經過嗎？」

「是的。」

「犯人至今未落網，妳有什麼感想？釋懷了嗎？」

「不，只要想到遇害的父母，我還是很不甘心。」

咖啡廳內，除了我們以外，別無他人。一到中午時段，這裡想必會擠滿學生，不過現在空蕩蕩的，聲音格外響亮，於是我們壓低話聲。

「如果妳想抓到犯人，我應該能幫上忙。」

西園小春睜大雙眼，卻搖了搖頭。

「沒用的，警方也調查過，始終一無所獲。」

「我們還有機會。八年後，我會坐在剛剛的長椅上，遭人從背後毆打頭部。接下來，我的意識會回到案發當天，進入十一歲時的身體，前往鎌倉從犯人手中搭救妳。到時我能採取行動，追查可鎖定犯人的線索。」

我是從未來的她口中聽到這個計畫，她則是現在從我的口中聽到計畫的梗概。那麼，這個計畫最先究竟是在誰的腦中成形？唔，不重要。

「還有查出犯人的機會。只要妳希望，我就會幫妳。」

小春看著我，眼神中毫無猶豫。先前她坐在長椅上那種缺乏自信的感覺消失了。

「拜託你了。」

「我知道了。應該說，我早就知道了。」

我們交換聯絡方式，約好定期見面。我們必須爲命定之日妥善準備。

二〇××

老哥從大學時代就以個人投資戶的身分買賣股票，賺取暴利。不論是搶先收購會飆漲的股票，或是針對雷曼兄弟事件帶來的股價暴跌做好準備，都是多虧了筆記本上的提醒。小時候母親買給我、到處都有賣的筆記本上，記載著對投資有利的情報。

公司法人化之後，老哥當老闆，我當員工，從老哥手中領薪水。這也算是節稅的手段之一。咖啡店沒排打工的日子，我就在老哥的公司打掃、拆信、丟垃圾，處理各種雜事。換句話說，我的工作既是「個人投資戶的助理」，同時也是「咖啡店的店員」。

不過我的首要之務是，將筆記本的內容從頭到尾背得一字不差。畢竟，將來回到少年時代，我不能寫出錯誤的資訊。爲此，我被迫學習股票買賣的相關知識。由於是我毫無興趣的領域，實在難以記起來。

「未來的你讓我們賺這麼多錢，到底想做什麼？」

來到東京沒多久，身處超高層公寓一室的老哥，眺望著市中心的高樓群這麼說道。連接著網路的電腦，和方便即時監控股價的複數台螢幕，並排在一起顯得非常壯觀。老哥只要點點滑鼠，就有數億圓的資金流動，不過我實在難以想像。

「當成提供活動的資金，或是作爲拯救小春的報酬。」

我會讓你發大財，請去搭救八歲的小春——也許未來的蓮司是如此託付。

「若有其他的可能性，大概是爲了地震做準備吧。」

老哥將筆記本的掃描檔顯示在螢幕上。正本嚴密保管在金庫中。筆記本中也提到二〇一一年三月十一日的災害。

當時老哥賺的錢有一半都投注在這個問題上。那一天，老家遭到海嘯襲擊，地基以上都被沖走，幸好父母都平安。因爲他們在地震發生的幾天前，就住在東京的飯店。我和老哥向他們提議偶爾出來玩也不錯，半強迫地把他們帶離東北地區。

雖然沒辦法連鄰居都比照辦理，不過老哥從好幾年前就請人和政府機關洽談，鋪設通往高地的道路，整修避難場所。工程都由老哥出資，因此似乎談得很順利。

據其他人所說，發生地震後，許多民眾移動到避難場所，成功得救。筆記本上的資訊帶給我們財富，而不少人靠著這筆財富獲救。這項事實讓我覺得意義深遠。

我和西園小春每週見一次面。我想知道，從她的視角所見的八歲經歷的始末。可是，光是想起那一天，就令人痛苦萬分，我沒辦法一口氣問出全部的事情。

我也蒐集了與案件相關的警方資料。其中不乏從未對外公開的機密資料，全靠老哥僱人弄到手。小春去大學上課的期間，我就一個人到國會圖書館，查閱過往的報導和雜誌。只要找到有關案件的報導，便影印下來帶回家。

我是在發生車禍，進行復健的期間，看了電影《蒲公英女孩》。我是從錄影帶出租店借來的，父母似乎感到很不可思議。「爲什麼要看那麼古老的日本電影？」

這是小春的父親參與製作、母親改編原作的作品。她以像是述說重要回憶的方式，提到這部電影，引起我的興趣。播放影片時，耳熟的音樂流瀉而出。我察覺這正是長大的小春常哼的歌。

電影是以時間爲主題的戀愛故事，當時的我還無法理解大人微妙的心理變化，內容有點艱澀。儘管如此，開滿整片山丘的蒲公英畫面依舊令人印象深刻。後來我讀了原作小說，發現原作根本沒有這一幕，應該是負責劇本的小春母親改寫的。

「媽媽說過，這是爲了維持作品名稱，不得已的方法。」

每當提到這部電影，小春就會一臉開心。《蒲公英女孩》這個標題，是取自原作小說中的女主角像蒲公英一樣的髮色。由日本人演出，女主角變成黑髮，標題失去原本的意義。不過，發行方希望有效發揮原作小說標題的知名度，來推廣電影，因此在電影中追加蒲公英山丘的場景，讓標題合理化。

「前天我見到兔子，昨天是鹿，今天是你。」

小春念出電影中的台詞，看著我。

我們一起走遍許多地方，還曾在看得到未完成的晴空塔的地方散步。銀色的高塔仍未竣工，蓋到一半的高塔上方什麼都沒有，據說預定於二〇一二年開幕。

「其實，我曾登上那個展望台。」

在未來的那一天，我在成年小春的導覽下俯瞰東京街景。

「眞是不可思議，明明還在蓋，你卻看過那裡的景色。」

隨著晴空塔的高度逐漸增長，我深刻感受到距離當時看見的未來愈來愈近。智慧型手機和平板電腦都已發售，交通號誌也替換成LED燈。

秋天，我們一起在運動公園裡漫步。來到廁所附近，我暫時停下腳步。

「我在這一帶踩到口香糖，抬起腳想確認，後腦杓突然被什麼擊中。回過神，我已回到少年時代。」

我盡量詳細敘述在未來的那一天經歷的事情，但並非所有情報都開誠布公。她當時懷有身孕，以及我們在長椅上接吻，我都閉口不提。爲了結婚申請書一起吃午餐，我也只用親戚的叔叔來了，所以三人一起用餐的說明帶過。

距離地震已過一年以上，我和西園小春依舊維持著朋友的關係。彼此之間雖然有能輕鬆交談的親近感，卻沒有更進一步的感覺。眞要說的話，我們更接近戰友。同爲案件的關係人，我們就像同一個隊伍的夥伴。我們宛如投手和捕手，組成投捕搭檔，今後必須合作追捕犯人。

以朋友身分往來一段時間後，我慢慢了解到她和大學友人始終保持著一定的距離。詢問她理由，她這麼回答：

「就算和大家在一起，我也沒辦法樂在其中，一個人待著還比較輕鬆。」

某年冬天，我開車帶小春前往鎌倉。我判斷爲了掌握地理關係，實際到案發現場走一趟比較好。發生慘案的房子和土地都歸到小春名下，即使公司破產也沒被查封。不過，她對房子不聞不問，據說已荒廢。

隨著八歲以前居住的城鎮映入眼簾，坐在副駕駛座的小春顯得不太好受。案件的相關記憶復甦，她情緒變得不穩。我把車停在路肩，確認她的狀況，發現她的手指在顫抖。她哭了起來，我情不自禁地握住她的手，感受到她的手一陣冰冷。最後，我們那一天沒能前往案發現場，直接掉頭返回東京。

陪伴她渡過人生、成爲她的支柱，變成我的人生目標。棒球夢破滅，不知道該爲了什麼活下去的時候，我決定以守護她爲目標。說不定，這也是我活下去的動力。

過一陣子，我們開始交往。由我這方告白，不過我覺得被拒絕的可能性很低。畢竟我們會發展成戀愛關係，是經過觀測的結果。

隔年，我們再次出發前往鎌倉市。這次我請小春在海邊的咖啡店等我。我獨自來到案發現場，望著先前只透過資料見過的西園家宅邸。窗戶破了，屋內飽受風雨侵襲。庭院的花草無人管理，肆意生長。那一天是陰天，導致我的心情有點低落。我來到西園小春母親殞命的車庫旁，雙手合十膜拜。我事先從小春那邊拿到鑰匙，取得進入的許可。我記下屋內的格局，一邊走來走去。然後，我在小春父親喪命的地點，合掌致意。

我很想確認如何前往疑似犯人停放車輛的空地，但決定改日再說。我開車回到海邊的咖啡店，和西園小春會合，一起在海浪拍岸處散步。

「我眞羨慕蓮司，曾去到未來的某一天，並朝著那一天渡過人生，一定很有安心感吧。起碼直到那一天爲止，性命都有保障，搭飛機也不用害怕。雖然前提是觀測到的事情一定會成眞。」

她現在會叫我「蓮司」。

「也不全是好事。感覺就像人生已鋪好路，知道結果的比賽很無聊。」

我知道幾件將來會發生的事情，也曾感到自己簡直形同沒有自由意志。我彷彿在時間做成的牢籠中生活。向她告白的時候，也毫無會遭到拒絕的不安，可說是照著神明的劇本演出。這麼一想，連自己是不是眞的愛著她，都不禁感到迷惘。

對於我的人生，我到底能以自身的意志干涉到什麼程度？想得太投入，我有些呼吸困難。我甚至疑惑起自己究竟爲何而活。

「不過多虧了你，發生地震的時候才有許多人得救。我覺得很好啊。」

我告訴她，Dandelion是我的推特帳號。我不確定這些充滿預言感的推特文章，對地震的死亡人數帶來多少影響。

「確實如此，而且我的煩惱也會在二〇一九年的十月二十一日之後消失。」

我掌握的未來情報只到那天爲止。在那之後，一路延伸的就是完全空白的未觀測時間。在那之後，或許就是我眞正的人生。

「只要平安撐過那一天就好，爲此我有事情非得問妳不可。」

我向她詢問案發當天的詳細經過。雖然我不太願意逼她想起痛苦的回憶，但考慮到屆時我也會在場，必須事先做好調查。

「我和犯人之間，發生過哪些情況？」

「那一天，我記得你被刀子刺中腹部。刀刃長度大約五公分，犯人用盡全力朝你的肚子刺下去。」

她在我的詢問下回答。待在陰天的海邊，西園小春顯得很冷。談過一遍之後，我想起手上拿著相機。那是爲了拍攝西園家內部而帶來的相機。

「來拍照吧，我們的合照。」

背景是大海和沙灘，照片會擺設在我們高級公寓的住處中。

小春從大學畢業後，只工作了短短一段時間。據說是透過父親以前的工作夥伴推薦。由於完全是靠關係，在公司內難以立足。

我一如往常地參加附近商店街的業餘棒球隊活動。雖然肩膀不行，不能當投手，不過我腳程很快，能以代跑的方式參加比賽。儘管無法當上職棒選手，讓人很不甘心，但不論是以哪種方式，能繼續接觸棒球，我感到十分幸福。沙塵的氣味中帶著一股懷念，我的胸口頓時發緊。

我和加入職業球隊的山田晃在新宿碰面喝酒。我們一直保持最基本的聯絡，得知他通過入隊測試，我就像當事人一樣開心。

「眞沒想到，我們會有聚在東京喝日本酒的一天。」

山田晃的手臂和腳都比我粗上一圈，肌肉量令人咋舌。我忍不住讚嘆，這就是職業選手的體格。之後，他還來看業餘棒球的比賽，商店街的大叔紛紛向他索取簽名。曾幾何時，我在東京這個都市的一角，打造起屬於自己的一片天地。我的人生也在東京的柏油路面打下根基。

我會在二〇一九年的短短一天內，回到少年時代。我和小春一起過著日常生活，同時爲了那一天做準備。我們將案件的相關資料數位化，進行整理，也集中研究二〇〇〇年代的常見車輛，以確切記住犯人逃亡使用的車輛。另外，我和小春開始同居。我們交往好幾年，至今尚未談到結婚，小春似乎也還沒對叔叔提過我。

二十幾歲的時光飛逝，老哥在股票市場上依舊維持常勝狀態。他靠投資開發手機遊戲的公司股票，滾進暴利。在那之後，又靠虛擬貨幣賺了一筆。小春辭職後，替工作上認識的雜誌編輯當助手。她受雙親的影響，對電影瞭若指掌，所以負責電影方面的報導。我則和咖啡店的熟客閒聊棒球，一邊泡咖啡。去幫老哥的天數變得比較少，但並未收到他的抱怨。接著，我們迎來二〇一九年。二〇一九年就這樣來臨。

二〇一九

出乎意料，我和小春之間不曾提起結婚的話題。在這之前，也曾感受到她思及成家一事的瞬間，但我並未說出口。我姑且還是準備好戒指，用的是我在咖啡店打工存下來的錢。我還記得十一歲時瞥見的未來一日，戴在她手指上的戒指款式。買戒指的時候，由於能參考記憶選擇，我沒花太多時間猶豫。不過，就在我煩惱著何時拿出戒指，好幾個月已過去。

「你好，下野蓮司。」

某天，我租用市內的錄音室，對著麥克風念出講稿上的字句。雖然爲了十一歲的我準備的隨身錄音機也有錄音功能，但我想盡可能在好一點的狀態下錄音。

「你可能正一頭霧水，我非常明白你的心情。以前我也經歷過相同的情況。」

我請人把聲音檔轉錄到老式的卡帶上。十一歲的我應該比較熟悉卡帶，畢竟十一歲的我來自沒有iPod的世界。

「起因應該是在練習賽中被球打到頭。不知爲何，你現在進入了二十年後的自己的身體。針對這個現象，我多方進行過推測，但我現在沒辦法慢慢說明。不久，就會有人去病房接你。」

我回想當時的記憶，寫下講稿。我幾乎不記得那一天聽到的內容，不過大概是這樣的感覺。

送到哪家醫院，可透過我在哪裡的長椅上挨打來鎖定。從該地能送急診的醫院有限，加上我依稀記得病房窗外的新宿景色，所以要找出來很簡單。主治醫生加藤的名字，也在找出醫院的時候想起。

「十一歲的我，接下來你應該會思考起人生的意義。不過，請你不要認輸。不要中途放棄，請一直堅持下去。」

錄音結束，錄音室的工作人員將錄音帶交給我。回家後，我寫下給加藤醫生的信。坐在長椅上，遭人毆打頭部的那一晚，我必須將錄音帶和信貼在身上才行。放在準備好的包包裡，似乎不太安全。襲擊我的年輕人，可能會連包包一併帶走。果然還是貼在身上比較好。

二〇一九年九月，我們終於論及婚嫁。那一天，西園小春在婦產科拍了腹部的超音波照片，確定懷孕五週。根據小春的說法，由於生理期遲來一週，她買了驗孕棒檢測。驗孕棒顯示出懷孕的記號，於是她又去醫院一趟。

我從回到住處的小春口中，聽她報告以上事項。

「恭、恭喜。」

我下意識地採取了這樣的反應。在這之前，小春都是一副不知如何是好的樣子，看到我的反應，她似乎有所察覺，不由得皺起眉頭。

「你該不會其實不太吃驚?」

「我很吃驚啊，我們之間居然要有小孩了。」

「眞可疑……你是不是隱瞞著什麼?」

小春逼近我，我別開視線。

「你該不會知道，我會在這個時候懷孕?」

她的話語中帶著確信。

「我是知道沒錯……」

「啊啊，眞是的，我白傷腦筋了。」

從十一歲瞥見未來一角的那一天起，我一直設想自己將成爲父親。總有一天我會成爲父親，撫養小春生下的小寶寶長大。不過，小春似乎相當不安。

「難道你不會不安嗎?畢竟我們連婚都還沒結。」

「關於那件事，其實……」

我還隱瞞了另一件事。

「我們會結婚。」

我知道這不是個好時機，腦中只能想像出被大罵一場的情景。可是我有種預感，現在不說只會讓傷口擴大。

「對不起，至今一直沒說出來。我們會結婚，雖然之前都沒說，不過這點已過觀測過。」

小春瞪大雙眼，然後垂下頭。

出乎意料，我並未被臭罵一頓。她哽咽著答應結婚。

進入十月不久，白色的微小星點乘風飄來，是蒲公英的絨毛。和二十年前相同的異常現象再次發生，在綜藝節目上成爲話題。東京上空飄浮著無數白點。不論是在車站月台等待電車，或是在十字路口等候紅綠燈，大家都抬頭仰望天空，爲奇幻的景色吸引。孩童高高舉起手，試著盡可能多抓一點絨球。

我塡好結婚申請書，設宴邀請父母和老哥，請他們在一邊的證人欄簽名。父親的字不太好看，所以由母親簽名蓋章。另一邊依小春的意願留空，以便請她的監護人叔叔簽名。此外，她已打電話向住在海外的叔叔口頭報告。

「我還在想，你到底什麼時候才要求婚。」

哥哥這麼說著，爲我們獻上祝福。

結束和家人的聚餐，我們回到公寓裡。小春坐在沙發上，手指上套著婚戒。她凝視著戒指，出聲詢問：

「蓮司，雖然這個問題有點奇怪，不過，你還記得發生交通事故，傷到肩膀是幾歲的哪一天嗎？」

「爲什麼會突然問？」

「就是有點在意……」

戒指上鑲嵌著鑽石。她望著鑽石的光芒，眼圈有點紅，一副忍著不哭的表情。

我察覺小春提問背後的意圖。她詢問我發生意外的日期，應該是想告訴十一歲的我，讓我能避開交通事故，不用放棄成爲棒球選手的夢想。

「等我一會，我回想一下。」

我假裝努力回想，去了洗手間一趟。我注視著鏡中自己的面孔，搜尋十一歲時的記憶。去到未來的我，正是在這個地方注意到肩膀的手術痕跡，陷入絕望。當時，我從西園小春口中得知意外發生的日期，希望能避開危險，改變未來。

但現在的我又是如何？與這個人生相關的人，我心中都抱持著愛。我愛著至今相遇的每一個人，不管是小春，或是準備到來的孩子、業餘棒球隊的隊友、咖啡店的工作及常客。假使沒遇上那場意外，我們恐怕就不會是現在的樣子。一切都會重新設定，改寫成不同的歷史。

或者說，避開意外發生的瞬間，歷史就會產生分支，發展成不同的時間軸。在不同時間軸上的我，迴避了交通事故，大概能繼續打棒球。這個變化應該會大幅改變未來，如此一來，就存在著十月二十一日我沒回到過去的可能性。那麼，又有誰能從犯人手中，救出八歲的西園小春？

關於過去的改變，不清楚的事情太多。至今爲止，觀測到的結果會確實發生，但不能斷言這就是宇宙的必然法則。當我將交通事故的眞實日期告訴小春的瞬間，世界說不定就會不變，我和西園小春成爲陌生人，在她肚子裡的孩子也會消失。或許她就是想到這裡，才會紅著眼眶注視婚戒。

一回神，我發現自己在哼歌。正是小春常常哼著，用在電影《蒲公英女孩》中的樂曲。

不會後悔嗎？我不知道。不過，現在的人生如果位於這個選擇的盡頭，便是我的救贖。如此一來，就能知道這不是命運強塞給我的人生，而是我的選擇帶來的人生。

我彷彿被口中哼的曲調推了一把，下定決心。

我離開洗手間，回到客廳。小春仍坐在沙發上等我回來。

「你想起發生交通事故的日期了嗎？」

「嗯，我被車撞的日期是……」

我報出西元年分和日期。我錯開一年，告訴她不正確的時間。

我大概會發生交通事故，不，是已發生。讓我絕望、讓我痛苦的，不是掌管命運的神明，而是自己。這是我選擇的道路。我拿起放在櫃子上的棒球手套，深深吸了一口皮革的氣味，在心中向少年時代的自己賠罪。

二〇一九

西園小春確認手表上的時間。再過十分鐘，二〇一九年十月二十日就要結束。車站前通往大學的步道旁有座噴水池，小春和蓮司一起坐在噴水池畔的長椅上。這裡是八年前和蓮司重逢的回憶之地。路燈照亮腳邊，白色絨毛隨風飄舞而去。

蓮司難得一身西裝，外套口袋中放著從筆記本上撕下的紙頁。踏出公寓前，小春看著他將紙頁收進口袋中。筆記本由蓮司的哥哥保管，唯獨那一頁是依蓮司本人的意願，從筆記本裁下來隨身攜帶。

2019-10-21　0:04
在長椅等待
巡邏車警笛鳴響
狗叫三聲
從背後遭人毆打

紙頁上草草寫著這樣的字句。二十年前寫下的文字，小春請蓮司讓她看過好幾次，所以她也背了起來。接下來，事情眞的會照那段敘述依序發生嗎？筆記本上的記述一一成爲現實，所以，這段預言一定也會實現。

小春戳了戳蓮司的側腹，衣服布料下貼著堅硬的物體，是錄音機。

「錄音機不會受到挨打的衝擊而掉落嗎？」

「應該沒問題。」

小春將視線轉向蓮司的後腦杓。接下來，他的後腦杓會遭到攻擊，犯人是三名年輕人。據說這些是他在十一歲的時候，從在未來遇到的西園小春口中得知。

「眞討厭這種事先就知道會挨打的情況。」

「希望不會留下後遺症。要是一切能照計畫就好……蓮司，麻煩你了，眞的很感謝。」

接下來，蓮司要前往二十年前，拯救她脫離險境。

「我比較擔心刀子。雖然已觀測到不會受重傷，但這次歷史搞不好會改變。我擔心如果被刺傷，一切就會直接結束。」

「試著打電話報警如何？說不定能阻止案件發生。」

如此一來，雙親是否就能重返人間？這樣的話，單獨存活下來的痛苦記憶，及宿舍生活的回憶，又會如何？會就此消失嗎？和蓮司一起渡過的愉快日子，以及肚子裡的孩子，也會一併消失嗎？

「十一歲的我就麻煩妳了。他會弄壞玻璃馬擺設，請妳別生氣。」

「我明白。那麼，我也差不多該離開了。一路小心。」

「我去去就回。」

小春站起身，向他揮手告別後離開長椅。她打算在遠處觀察後續情況。當她在找適合躲藏的場所時，看到三名年輕人坐在地上聊天。他們抽著菸，似乎並未注意到小春。

小春躲在樹叢之間，壓低身體，讓自己的形影隱沒在路燈照不到的暗處。她從藏身之處遠遠地觀察蓮司。

時間到，他差不多要出發了，小春漸漸緊張起來。儘管已是深夜，東京的夜空依舊顯得明亮。巡邏車的警笛聲傳入耳中。警方追著闖紅燈的車輛，透過擴音器要求駕駛停車。

蓮司從胸前口袋取出紙片來看。

接下來，某處傳來狗叫聲，如同紙片上的文字所述，一次、兩次，然後是第三次。

此時，長椅後方有人影逐漸接近，是剛才看到的三名年輕人。其中一人拿著棒狀的武器，毫不猶豫地朝蓮司的後腦杓揮下。小春克制著不要發出尖叫。

蓮司的身體往前傾斜，倒在地上。一名年輕人取下他的手表，塞進自己的口袋。其餘的年輕人則從他的外套口袋中摸走皮夾。

「快來人啊！有人昏倒了！快叫救護車！」

小春躲在藏身處，放聲大叫。年輕人動作一僵，下一秒便如鳥獸散。

是不是應該去追他們？不過，小春比較在意倒地的蓮司，而且肚子裡的小孩還不到安定期，避免激烈運動比較好。小春打手機叫救護車，同時前去確認倒地不動的蓮司狀態。事先討論的時候，他們考慮過不叫救護車，直接由小春把蓮司帶回家的方案。可是，後腦杓的創傷太危險，還是送到醫院，請醫生看過比較妥當。小春混在人群中，目送蓮司被救護車載離。

隔天早上，西園小春來到醫院。這個時間，蓮司應該在病房和名為加藤的醫生交談。小春並未特地到病房確認，不論選擇什麼時機出現，想必都會依十一歲的蓮司的觀測結果發展。

小春以有急事為藉口，請櫃檯人員幫忙呼叫加藤醫生。這樣應該能支開主治醫生，讓蓮司獨自留在病房。小春打算趁機帶蓮司走。向醫生說明意識的時間跳躍現象太麻煩，小春決定用這個方法逃脫醫院。

在主治醫生出現之前，小春離開櫃檯。她走上樓梯，穿過連接住院大樓的走廊，前往蓮司的病房。根據他十一歲的記憶，小春已大致鎖定他的病房。

小春敲門後，打開病房的門，探頭呼喚：

「蓮司！」

蓮司坐在床緣，一臉呆愣。他手上拿著錄音機，頭上包著繃帶，實在令人心疼。不過成功找到他，小春鬆了一口氣。

「頭沒事了嗎？」

溜出醫院之後，兩人去停車場取車。小春伸手想碰碰蓮司的後腦杓，他卻縮起身體，躲開小春的手。現在這副身體裡是十一歲的少年蓮司，小春重新體會到，對眼前的人來說，她是從未謀面的陌生人。

「我是西園小春，東西南北的西，動物園的園，和小小的春天的小春。」

「我是下野蓮司，漢字寫出來是……」

「我知道。」

「咦？」

「我知道喔。」

小春的鼻子一酸，有點想哭。

「對不起，你別在意，我只是有點開心。對蓮司來說，我們今天是第一次見面吧？我第一次存在於你的人生中，就是從這裡開始。」

這是小春第一次出現在他人生中的瞬間。

所以，此時此地就是最初的場所。親眼見證這一幕，小春感到無比幸福。

「想到這一點，我就忍不住感慨。今後請多多指教，蓮司。」

這一趟一定會變成長長的旅行。如果能兩人相伴一起走過就好，小春暗想。

回到公寓，小春回覆叔叔的郵件，約定一起吃午餐。雖然是突如其來的約定，不過沒有問題。幾年前小春就知道事情會如此發展，這是她從長大的蓮司口中得知的觀測結果。

小春在飯店的餐廳和叔叔相聚，並請叔叔在結婚申請書的證人欄簽名。三人在飯店內移動之際，小春感受到一股視線，彷彿有人從遠處盯著她。

「我們要稍微兜個風，去公園一趟。」

叔叔問兩人接下來要去哪裡，於是小春加以說明。傍晚時分，蓮司會從運動公園回到原本的時代，小春打算在那之前，和他一起在市內觀光。

「叔叔，謝謝你願意當我們的證婚人。」

「小事一件。」

叔叔表示接下來要去赴工作上的約。

而後，兩人坐上車，在市內兜風。

「你看，那邊是皇居。說起來，你注意到了嗎？平成的年號已結束。」

「我現在沒心情注意這個。」

「你一副不想和我共度未來的樣子。」

「倒也不是不想……」

小春先帶他去充滿回憶的場所。

「請記住這個地方，這裡是一切的開始。你就是從這裡出發，前往過去。不僅如此，二〇一一年四月，長大後的我們會在此相遇。當時我是大學生，坐在這裡的時候，你向我搭話。」

小春向他說明那起案件，並讓他看相關資料。

「迪士尼樂園在那邊。」

在晴空塔上眺望東京街景，時間不知不覺過去。

「那裡是新宿。」

看著十一歲的蓮司的反應，小春心中滿是憐惜之情。

小春和他並肩走在蒲公英飛舞的美麗公園磚道上。

「那是什麼電影？」

「電影標題是《蒲公英女孩》。」

「眞是可愛的標題。」

「是從羅伯特．F．楊的短篇小說改編而成的電影。」

他們在長椅上聊天，一個棒球飛過來。剛才在玩拋接球的孩童看向兩人。小春撿起棒球，朝孩童高高舉起手臂。

「丟過去嘍！」

球在夕陽下飛出去。

時間不夠了。太陽逐漸往西移動，小春和十一歲的蓮司即將分別。

小春突然吻了蓮司。之後，小春注意到視野一隅的可疑人影。她留意著腹中的孩子，一邊追上去，發現是下野眞一郎。原來從他們用餐的時候，眞一郎就一直跟在後面拍照。

「爲什麼要偷偷摸摸地躲起來？」

「要是蓮司知道，一定會全力妨礙我。不過，眞是令人感慨，我看到了不容錯過的情景。二十年前聽到的未來一日，居然就在眼前展開。」

小春從飯店的餐廳離開時，就覺得有車子跟著。當時她以爲是自己多心，現在想想，也許就是眞一郎的車子。

她回到長椅旁，卻發現不對勁。

未婚夫不知何時消失無蹤。

「喂！蓮司，你在哪裡？」

小春不斷呼喊著未婚夫的名字，一邊在周圍走動。

天色變暗，公園裡的民眾變少，遛狗的人也不見蹤跡。小春走遍體育館和網球場附近的小徑，尋找蓮司的身影。

小春試著打電話給眞一郎，對方馬上接聽。

「大哥，你在哪裡？」

「我還在公園的停車場，正準備離開。蓮司回來了嗎？」

小春解釋情況後，眞一郎也加入搜索。

「我們事前討論過很多次。他在公園醒來的時候，我應該會在附近，然後就一起回家。」

眞一郎癱坐在旁邊的長椅上。他拿出數位相機，檢查拍下的照片。小春有點不安，擔心蓮司發生意外。十一歲的蓮司回到原本的時代，代表現在的世界正邁向尚未觀測過的歷史，不管發生任何事情都不奇怪。

儘管如此，小春還是很在意眞一郎拍的照片。

「請讓我看看。」

小春也在長椅坐下，從眞一郎手中接過相機。液晶螢幕上，顯示出從遠處拍攝到的蓮司和小春。小春按下按鍵，螢幕逐一切換成兩人進餐廳被偷拍下來的畫面，去晴空塔參觀的畫面，以及在步道上散步的畫面。

小春切換著一張張照片，突然注意到一件事。她放大局部照片，益發感到困惑。這到底是怎麼回事？小春湧起一股不祥的預感。

「怎麼了？」

眞一郎看著小春，小春只能搖搖頭。她也搞不清楚，說不定一切純粹是偶然。

引起小春注意的，是她和蓮司在運動公園散步的照片。照片放大之後，一名疑似叔叔的人物出現在背景中。剛才在餐廳簽結婚申請書的時候，叔叔明明說過工作上還有約要赴，怎麼會出現在運動公園？

天氣突然惡化，隨時都可能降下雨水的烏雲從西邊緩緩飄來。

一九九九

耳鳴極爲嚴重。男人隔著蒙面頭套，確認頭部有無流血，一邊起身。金屬製的老舊打字機滾落在地，看來他似乎是被這台打字機擊中腦袋。他以爲已拿刀刺中少年的腹部，實際上似乎被什麼東西彈開，竟被擺了一道。

少年和女孩都不見蹤影，樓下傳來大門的開關聲。該追上去滅口嗎？不，算了。他沒被看到臉，還是先搜刮屋裡的財物要緊。那兩人逃掉，導致這邊所剩的時間不多，警方應該很快就會上門。

男人在屋主夫婦的臥室翻箱倒櫃，尋找值錢的東西。他抓起寶石和飾品，塞進在衣櫃找到的名牌手提包。

男人跨過屋主的屍體，走出玄關。他瞥了眼屋主妻子的屍體，爬上屋後的山坡。礙事的樹木害他無法順利移動。

那名少年到底是什麼來歷？西園家應該只有夫婦倆和他們的女兒，說不定是附近的小孩來玩，發現屋主妻子倒在外面，察覺情況不妙才來到二樓。

男人心中仍有疑問，但繼續思考下去太麻煩。明明完成了工作，耳鳴卻一直揮之不去。「嗡——」的蚊蟲飛舞聲不斷在腦中縈繞。

山坡上有一片平坦的空地，樹林宛如圍繞著空地般茂密生長。男人事先就在地圖上看過這個地方。距離西園家所在區域幾公里之處，有通往半山腰的道路入口。這條路是始於山腳的小路終點。過往這一帶是田地，所以修整了道路，以便農作。

黑色客車停在空地上，男人靠近車輛，摘下面罩。

日暮時分的晚風拂過臉上的肌膚，浮躁的心情稍微沉靜下來。男人打開副駕駛座的車門，坐在駕駛座的委託人看向他。

「如何？辦成了嗎？」

委託人詢問，他是一個肥碩的男子。委託人原本要和他一起入侵西園家，為此還特地透過非法管道購入小型手槍，但最後退縮，選擇待在車上。男人想起今早的報紙上刊登了關於手槍走私的報導，好幾把和委託人購入的手槍同型號的槍枝在日本國內流通。

男人和委託人是透過地下網站認識的，雙方在隱瞞身分的狀態下，藉由電子郵件溝通工作的內容。委託人希望男人闖入某幢民宅，假裝成強盜，殺死民宅裡的人。首要之務是解決屋主，他的配偶和女兒殺不殺都無所謂，委託人會負責安排移動用的車輛。男人是在接下工作之後，才知道屋主任職於電影發行公司。屋主夫婦分別是發行《蒲公英女孩》這部電影的公司老闆，和寫下《蒲公英女孩》劇本的人。男人恰巧知道那部電影，母親死前在電視上看的正是《蒲公英女孩》。

「兩個小孩逃了。一個是那戶人家的女兒，另一個是不知道打哪來的小鬼。」

聽到男人的回報，委託人露出疑惑的表情。

「小鬼？」

該不會是這次工作的情報外流了？那樣的話，闖進案發現場的應該會是警察，而不是那個小鬼。

「那個小鬼是誰？」

「天曉得。」

「我哥死了嗎？」

委託人想抹殺西園家屋主的原因，男人並未詳細過問。他和屋主似乎是兄弟，大概就像是舊約聖經裡的該隱和亞伯。男人猜測應該是弟弟的劣等感膨脹，嫉妒人生順利的哥哥，進而發展成殺意。委託人又醜又胖，但男人剛才殺死的屋主，卻有著熊一般粗獷的氣質，相貌精悍。他的配偶也是美人，想必是一個幸福美滿的家庭吧。男人可以理解委託人想狠狠破壞的心情。

「屋主死了，妻子也是具屍體了。」

「這樣啊。那孩子活下來，就當是正面的結果吧。」

「爲什麼？」

「她會作證犯人不是我。你和我體格差這麼多，一看就知道。」

委託人爲了避免遭到警方懷疑，似乎還謹慎準備不在場證明。男人沒問具體的詳情，只知道委託人表面上今天是到其他地方出差。

「差不多該離開這裡了。」

男人提議，委託人點點頭。不過，他並未發動引擎，反倒掏出小型手槍。在他肥大的手中，手槍就像玩具。

委託人從駕駛座逼近。男人即使想逃，也受制於委託人肥胖身軀的重量而無法動彈。傳來槍口抵住胸前的觸感，砰一聲，火藥爆開，子彈緊接著不停發射。比起疼痛，男人更懼怕被委託人壓死，滿腦子想著怎麼逃脫的時候，視野逐漸變暗。

× × ×

我潛伏在草叢中，注視著那輛車子。車牌號碼和脫下蒙面頭套的犯人面孔，都已牢記在腦海裡。車上還有一名駕駛是出乎意料的情況，卻是相當有益的情報。目送車子逃逸之後，再離開這裡吧。得回到二十年後和小春報告才行。

不過，等了好一會，車子仍未發動。犯人似乎在和駕駛交談。車窗上的隔熱貼造成阻礙，沒辦法看到車內。

突如其來地，車子激烈搖動，然後傳出爆破聲。我以爲是爆胎，但似乎不是。

第二次、第三次的爆破聲響起，之後車子漸趨平靜。

那是火藥聲，還是槍聲？

聲響遠比在電影中聽到的槍聲平淡，所以我沒馬上察覺。小時候在附近農田聽到的、用來趕麻雀的驅鳥器，發出的聲音還比較嚇人。

駕駛座的車門打開，一名體型肥胖的男子下車。

我對他的臉有印象，但一時想不起來。

那名駕駛喘氣似地吸氣，車內似乎充滿煙霧和異味。他的右手握著小型手槍，副駕駛座的犯人怎麼了？駕駛座的車門打開，看得到車內的情況。犯人一副快要從副駕駛座滑落的樣子，身體癱軟，毫無動靜。小春一直追尋，希望查出身分的犯人已被開槍打死。這個狀況連警方的資料上都沒有提及。

那名駕駛用的手槍如果是更大的口徑，子彈可能就會貫穿屍體和車子，落在地面。血液會從子彈造成的彈孔滴下，警方的鑑識小組也許就能查到足以反推回這種狀況的證據。不過就我所知的歷史，事情並未這麼發展。一方面是駕駛開槍時特別小心。副駕駛座的車窗沒破，想必是考慮過射擊方向，以免子彈飛到外面。這樣的手法相當有計畫性，說不定他一開始就是這麼打算。

體型肥胖的駕駛將玩具般的小型手槍放在車子座位上，拿手帕拭汗。此時，我突然想起，小春給我看的幾張照片中有他。那是收集家人照片的相冊。我和他見過一次，只是在我的主觀印象中，已是很久以前的事。

西園幸毅，他是小春的監護人，也是她的叔叔。

約二十年之後，我們會一起吃飯，請他在結婚申請書的證人欄簽名。他平常都在海外，工作繁忙，和小春交往以來，我還不曾見過他。

大概是太吃驚，導致我放鬆注意力，過於靠向藏身處樹叢的枝椏，一根枯枝發出清脆的聲響折斷。我慌張地想躲起來，但已太遲。

我和西園幸毅對上視線。他停下擦汗的手，大大睜開雙眼。他似乎想出聲，卻說不出任何話。他轉過身，打算拿起放在座椅上的手槍。

我拔腿狂奔，卻慌得跌倒。我馬上爬起，朝遠離空地的方向邁開腳步。背後隨時都會有子彈飛過來，我怕得不得了。我跳過樹叢，腳卻被樹根絆住，好幾次差點跌跤。

對方似乎沒追過來，但我內心焦急，沒打算放慢腳步。我想盡可能拉開距離。

向晚時分的視野很差，回過神我才發現沒踩到地面。

陡峭斜坡的下方是一片田地，我的視野上下旋轉，頭似乎撞到東西，身體向下滾落。

有人吃驚地看向這邊。

快逃！有人拿著槍！

我一邊往下滾，一邊試圖警告對方。但在身體撞擊地面的瞬間，我的眼前迅速變暗。

二〇一九

由於工作的關係，西園幸毅常常待在空中。他爲了客戶的委託，在各大主要城市飛來飛去，商談一結束就返回機場，在班機座位上請空服員爲自己斟白酒，然後一邊品嘗，一邊確認郵件。即使是商務艙的寬大座位，以幸毅的肥碩身軀來看，仍然太小。不需出差的工作會讓幸毅難以安心，只要停留在一個地方，他就會夢到被巡邏車的警笛聲追趕。

他對於回到日本興趣缺缺，然而工作上無論如何都得回國一趟。如果時間合得上，就和姪女見個面；如果時間不湊巧，就直接出國。在幸毅眼中，大哥的女兒就是這種程度的對象。他不會特別積極想見面，只是在扮演深愛姪女的叔叔。

姪女似乎有戀人了，幸毅最近才得知這個消息。雙方決定結婚後，姪女向他報告。他從與姪女的通話中，聽她說出未來丈夫的名字。

「kawabata？和大文豪的名字眞像。」

「是kabata啦，叔叔。」

若是用電子郵件，連寫成什麼漢字都能知道，不過先知道怎麼發音就夠了，長年待在英語圈生活的幸毅這麼想。

十月二十日，幸毅應住在日本的客戶所需歸國一趟。步出機場，白色絨毛掠過視野。

據說是氣候異常，導致蒲公英的絨毛到處亂飛。

隔天，他發郵件給姪女，馬上就收到回信。

我想向叔叔介紹未婚夫，今天稍晚，三人一起吃個飯吧。

結婚申請書的證人欄，能麻煩叔叔幫忙簽名嗎？

西園小春

幸毅來到位於飯店裡的餐廳。他和姪女的未婚夫初次見面，對方是一個小動物般躁動不安的男人，一直縮著身體環顧餐廳的裝潢，看著英文菜單一臉困惑，還像孩童一樣剩下蔬菜不吃。

用餐結束，姪女拿出結婚申請書。幸毅看了未婚夫的名字那一欄，不禁冒出雞皮疙瘩。

下野蓮司。

名字的讀法用平假名標註在一旁。漢字寫成「下野」，讀爲「kabata」。幸毅小心地不表現出受到的衝擊。

姪女的未婚夫去了洗手間，似乎不想見證人生戲劇性的一刻。幸毅心想，眞是個少見的傢伙。爲了蓋章，幸毅也帶了印章。

結婚申請書需要兩位證人簽名蓋章。除了幸毅之外，另一位證人已簽章完畢。

「我們分別請一位家人當證人。」

換句話說，另一位證人是未婚夫的家人。

「原本想拜託蓮司的父親，不過他自覺字太醜，不太情願，所以我們請蓮司的母親當證人。」

證人欄記載的名字是「下野加奈子」。

幸毅看過這個名字。

二十年前發生的事情在腦海中復甦。

「有件事我想確認一下……」

「什麼事？」

幸毅詢問姪女：

「小時候，他是不是曾發生車禍？」

「叔叔怎麼知道？」

「看他身體的動作，給我這樣的感覺。」

幸毅確定了，下野蓮司就是當時出現在鎌倉宅邸內的少年。

那是二十年以前的事情了。小型手槍射出的子彈在旁邊男人的胸口開了個黑洞，車內充滿硝煙的味道。他打開駕駛座車門，踏出車外，不料和遠遠看著這邊的平頭少年對上視線。

被看到了的危機感讓他反射性地舉起手槍，但少年早已逃走。肥胖的他難以追上敏捷的少年。幸毅彷彿聽到計畫的崩壞聲，那名少年想必會將目睹到的情景，一五一十告訴警方。

旁邊的地上掉了一個長夾。少年逃跑時絆倒，長夾約莫是那時落下。長夾是成人女性使用的款式，有刀刃刺中的割痕。裡面裝著硬幣，還有收據、集點卡，和女性的駕照。駕照持有人的姓名欄寫著「下野加奈子」。

她和少年是什麼關係？會是他的母親嗎？

從大頭照和出生日期來看，幸毅想不到別種可能性。

駕照上並未標出姓氏的發音，幸毅猜測應該念成「shimono」或是「shitano」，因此，當他從姪女口中聽到未婚夫的名字時，並未馬上聯想到二十年前的那個少年。

離開餐廳的時候，幸毅扶著下野蓮司的身體。他似乎突然眼花，腳步有點虛浮。難道他不曉得姪女懷孕嗎？他的反應看起來就像是第一次聽到。

即使幸毅出現在他的眼前，他也毫無反應，這一點幸毅很在意。他不記得二十年前見過幸毅嗎？他雖然全身充滿與未婚妻家人見面的緊張感，但也僅止於此。如果是忘了就好，不過當時的少年變成姪女的未婚夫，出現在眼前，幸毅還是無比不安。

三人搭上電梯，前往地下停車場。幸毅詢問小春接下來的行程，姪女回答兜風之後會去運動公園。

「叔叔，謝謝你願意當我們的證婚人。」

「不客氣。」

進口的雙門轎跑車朝停車場出口逐漸離去，稍遠處的一輛黑色客車也發動引擎。那輛車尾隨著小春他們似地開出停車場，大概只是巧合吧。

幸毅打電話給客戶，表示不出席會議。他緊急租用車子，做了一些準備。他訂定兩種計畫當成今後的方針。和平談話就解決的情形，及需要粗暴一點的情形。以防萬一，他事先在五金行調度了所有需要的道具。

幸毅前往運動公園，確認姪女的進口雙門轎跑車還沒到達。這個運動公園只有一座停車場，幸毅將車子停在能觀察停車場入口一帶的位置。如果那兩人沒出現，就什麼事也不做，直接回去吧。如果那兩人來公園，運氣好有機會和下野蓮司單獨說話，他有幾個問題想從下野蓮司口中問出答案。

二十年前，他爲什麼不說出目擊到的情景？

爲什麼他會出現在那種地方？

事到如今，爲什麼又出現在幸毅面前？

幸毅沒辦法在姪女面前質問這些事情，只能挑他們各自行動的時候，找下野蓮司單獨談話。能夠和平解決的情況下，幸毅只要把他帶到人煙稀少的建築物背後，問他幾個問題就好。如果對方要錢，幸毅願意掏出對方要求的任何金額。

太陽逐漸西斜，隨著陰影變深，幸毅心中的不安逐漸擴大。下野蓮司一定是假裝忘記，實際上卻記得一切，隨時會告發自己。他只是在享受幸毅走投無路的模樣。

大哥就是如此。從小身體肥胖、缺乏運動能力的幸毅，被其他小孩欺負而窘困絕望的時候，大哥總是愉悅地在一旁欣賞。他就是這種個性的人，只是巧妙隱藏惡劣的一面，集雙親寵愛於一身。一想起大哥，幸毅心底陡然湧起殺意。

在意的問題就應該全數排除。二十年來，幸毅一直活得膽戰心驚。說不定，此刻是改變這種生活的最後機會。

眼熟的進口雙門轎跑車開進停車場，幸毅已下定決心。捨棄以談話解決的計畫吧，粗暴一點也無所謂。

幸毅遠遠地觀察坐在長椅上說笑的兩人，縮起肥大的身軀並不容易。正在等待時機，兩人忽然分頭行動。

姪女離開長椅，消失在某處。下野蓮司則往反方向走。幸運的是，他逐漸接近幸毅潛伏的地方。

附近有孩童在玩拋接球，下野蓮司走過他們的身邊，應該是要去廁所。廁所位於運動公園一隅，後方是停車場。幸毅躲在附近的樹叢中，武器早已準備好。觀察兩人的時候，他脫下襪子，收集腳下的砂土。沉甸甸的重量只要朝頭部揮下，就能輕易讓人失去意識。擊中的位置一個不好，就可能致命，不過那也無所謂。

下野蓮司在廁所前面停下腳步。他似乎踩到什麼，抬起腳確認鞋底。幸毅步出藏身的樹叢，接近他的背後，朝頭部揮下裝著砂土的襪子。

二〇一九

頭部傳來一陣鈍痛，我從昏睡中醒來。不知道我失去意識多久？這是哪裡？現在幾點？我記得自己進入十一歲的身體，搭新幹線列車前往鎌倉，平安救出小春。我在空地發現犯人逃跑用的車輛，和西園幸毅對視後，拔腿狂奔，失足跌落山坡。我最後的記憶停留在頭上腳下翻了個跟斗，一路滾落陡峭的山坡。

約莫是發生時間跳躍現象，我的意識離開十一歲的肉體，應該已回到原本的時代。但說來奇怪，照理我會在運動公園的公共廁所旁醒來才對。

我發現自己無法發出聲音，躺在黑暗狹小的空間中。低沉的聲響和震動從身體下方傳來，這是汽車行駛的聲音。我似乎是在汽車的後車廂。我的腳和身體被摺疊起來，勉強塞進後車廂。

我的手臂綁在身後，雙腳也被捆住。無法發出聲音，我嘴裡塞了類似布條的東西。由於沒有光源，周圍一片漆黑。車廂內悶熱無比，我全身冒汗。如果是小時候的身體，即使塞在車廂內，空間應該也會比較寬敞。

我完全不知道爲什麼會陷入這種狀況。照理，我應該會在運動公園醒來，向在旁等候的小春，匯報我在二十年前的所見所聞。

我想告訴她，二十年前殺害她父母的犯人已死，是她的叔叔西園幸毅親手殺死的。

我扭動身體，以膝蓋和手肘敲打後車廂的車蓋。金屬製的車體非常堅固，難以撬開車蓋。重複敲打幾次之後。車子停下來。大概是停在停車場或路肩，聽得到車門的開關聲。

忽然，後車廂的車蓋打開，車外有路燈，白色燈光讓我不禁瞇起雙眼。下雨了，從空中落下的水滴打到我的臉上。一具肥胖身軀居高俯瞰我，是打量著我的西園幸毅。他和剛才遠遠看到的樣子相比，足足老了二十歲。車輛往來的聲音近在身旁，推測車子應該是停在大馬路的路肩。

「下野蓮司，我們又見面了。」

他一副緊張的模樣開口，態度有禮客氣，絲毫沒有威嚇的感覺。又見面了，那麼，上一次見面是指什麼時候？滾落山坡前，在車子旁邊對上視線的那一次嗎？不對，他指的一定是和小春三人一起用餐的事情。對我來說雖然是很久以前，不過對他來說，只是幾小時之前的遭遇。

「我有點事情想問你，我們移動到安靜一點的地方吧。」

大卡車經過，宛如地鳴的聲音和震動穿過我的身體。我仰望身軀龐大的男人，試圖出聲抗議，卻礙於塞在口中的布條，盡數變成模糊不清的話語。

「你到底是什麼人？」幸毅無比困惑地詢問。

我才想原封不動地把這個問題丟回去。他和蒙面的男人無疑是共犯，爲什麼他要那樣做？

「中午的時候，明明還一副像是小狗的模樣。下野小弟，你現在之所以感到憤怒，是被塞進狹小空間而忿忿不平，還是爲了我二十年前做的事情感到義憤塡膺？」

幸毅注視著我，露出若有所悟的表情。

「你還記得那一天的事情。不然，你不會一聽到『二十年前』，就提防成那個樣子。假使你完全忘掉那天目睹的一切，聽到『二十年前』的時候，你應該會疑惑我到底在說什麼。」

包覆著脂肪的粗胖手指搭上車蓋。啪噹一聲，四周又歸於黑暗。

車子再次發動，我能透過身體感受到車速的變化，和行駛中發出的聲音。

難道沒辦法將我的處境通知外界嗎？我試著掙脫手腳的束縛，卻徒勞無功。從嵌進肌膚的感覺，我得知纏在手腳上的是塑膠繩。如果後車廂內有個打火機就好了，可惜天底下沒這麼幸運的巧合。

我心中突然冒出一個疑問：西園幸毅怎會知道，我就是當時的少年？他在車內槍殺同夥之後，踏出駕駛座，僅僅一瞬間和我四目相對。當時我是個棒球少年，頂著平頭，髮型和現在截然不同。從小孩長成大人，外貌應該有所變化。我不明白西園幸毅爲何如此篤定，身爲小春未婚夫的我，就是當時的少年。

觀測到的時間結束，接下來展開的是宛如白紙的時間，是什麼都可能發生的世界。或許幾秒後西園幸毅會碰上交通事故，我被捲入其中慘遭不幸。至今爲止，我的性命都安全無虞，因爲我活著的事實經過觀測，患病死亡或受傷喪命的機率都很低。然而，接下來的事情誰都說不準。

好一陣子沒踩剎車，代表車子應該開上高速公路了。雨勢一度增強，落在後車蓋上的雨聲響徹車廂。西園幸毅要帶我到什麼地方？我在黑暗中思考這個問題。車子感覺上已開了好幾個小時，實際上說不定只有一小時左右。

車子爬上傾斜的路面，緩緩繞過幾個轉角。終於抵達目的地，車子完全停了下來。駕駛座車門的開關聲響起，車子上下晃動，想必是西園幸毅龐大的身軀出了車子。

後車廂打開，照進刺眼的光線。西園幸毅拿手電筒對著我。

「下車吧。我會解開腳上的束縛，但別打奇怪的主意。我可是拿著武器。」

他握著戶外活動用的刀子，似乎是剛買不久的全新品，刀刃上閃耀著光芒。他用刀子割斷捆住我腳踝的塑膠繩。

我的雙腳終於能夠自由活動，原本想馬上給西園幸毅一腳，但顧慮到對方拿著刀子，還是作罷。試圖抵抗會挨刀，只要往肚子一戳，我恐怕就會一命嗚呼。

我的雙手綁在背後，難以起身。我先將一腳跨到後車廂外，以腳尖估測與地面的距離，再將身體探出車外，卻沒能成功著地，摔了一跤。視野變得開闊，我終於知道身在何處。

被雨水打濕的雜草叢生，位於草叢深處的是一幢老舊的宅邸。車頭燈照亮破破爛爛的牆壁，住屋旁是拉下鐵捲門的車庫。這片景象十分眼熟，以我的主觀意識而言，這是我幾小時前才到訪的地方。當時我來去匆匆，沒辦法凝神細看，不過絕非像現在這樣荒廢破敗。

蓋在鎌倉市的西園家，如今無人居住，完全化爲廢墟。

西園幸毅關掉車子的引擎，車頭燈熄滅，西園家再次歸於黑暗中。

「往前走。」西園幸毅站在我的背後，拿刀子抵著我。我稍微拖著一隻腳前進。我並未受傷，只是裝成長時間姿勢不良導致膝蓋有毛病的樣子。

「我想和你聊聊，除了這裡之外，想不到其他地方。聽說這裡已成爲附近年輕人試膽的場所，不過今天應該不會出現。下雨了，大家都窩在家裡玩桌上遊戲吧。」

握在他手中的手電筒，將我的身影投射在玄關前的門廊上。大門的鎖幾年前就壞了，後來是在門把繞上鎖鏈，鎖住大門，但鎖鏈也能輕易拆卸。繼承這片土地和房屋的小春，對保全方面毫不關心。

西園幸毅讓我退到一旁，拆下鎖鏈。大門發出吱嘎聲響，緩緩打開。

手電筒的燈光射向黑暗的屋內，玄關大廳積了一層塵土。他將燈光固定在地板上的某處。命案發生後，房子已打掃過，沒留下任何血跡。可是，小春的父親就是在這裡流血死去。我不久前才目睹那一幕。

「進去。」

在西園幸毅的催促下，我踏進屋內。

不脫鞋似乎也無所謂，我按照他的指示步向走廊，手電筒的燈光照到散落在地板上的玻璃碎片。幾扇破掉的玻璃窗被放置不管，附有防雨木板的直接闔起，沒有的僅僅罩著塑膠布。

我踩過玻璃碎片，繼續朝走廊前進。

「去餐廳那邊，位置你應該清楚吧？」

我老實聽從命令，他手上的刀子令人望而生畏。我雖然忿恨不平，但還不至於無視可能會挨刀的恐懼。如今時間線已脫離觀測，我對死亡的不安急遽膨脹。嘴巴被塞住，我連呼吸都不順暢，緊張到心臟快爆炸。

餐廳位在一樓，和客廳相連的寬廣房間一角，還擺著桌椅。荒廢感非常強烈，窗簾都破破爛爛的。櫃子等家具雖然留著，但能夠換錢的東西全消失不見。大概是被非法入侵的傢伙拿走了。

在西園幸毅的要求下，我坐上圍繞著桌子的其中一張椅子。那是有椅背的款式，我的雙手被綁在背後，只能扭過腰，用不自然的姿勢坐在椅子上。

西園幸毅以手電筒的燈光掃了四周一遍，大概是在確認我的附近沒有可充當武器的東西。我的周圍只有充滿霉味的空氣。風雨聲從屋外傳來。風聲像笛聲一樣咻咻響起，偶爾雨點會滴滴答答敲打著窗戶。

西園幸毅繞到我的身後。半朽的地板承受著他的體重，吱嘎作響。我屁股下的椅子被稍微轉向他。

「別大吵大鬧。」

口中的布條被取下。我吐出塞在嘴裡的布團，呼吸變得順暢許多。拿著刀子的西園幸毅看著我，彷彿我一大聲呼喊，就要馬上動刀對付我。他確認我沒打算吵鬧，似乎鬆了一口氣。

「……你為什麼要做那種事情？」

我一邊咳嗽，一邊瞪著他。

「那種事情？你想問的，應該是我為什麼要做這種事情吧？」

「我說的是二十年前的事情。你是犯人的同夥，而那名犯人被你……」

他從口袋拿出手帕，擦拭臉上的汗水。

「沒錯，是我做的。我計畫了一切，向他提議……啊啊，神吶。」

他以手帕摀住臉，發出呻吟。

「你感到後悔嗎？」

「不，這是我第一次向人說出這件事情，我實在開心得要命。」

他正在流淚，並用手帕擦拭眼角。

「至今為止，我一直怕得不得了，生活在擔心被揭穿、罪行曝光的恐懼和孤獨中。其實，我一直想找人傾訴，說明這一切。」

西園幸毅露出渴求的眼神，噁心到害我冒起雞皮疙瘩。

「去找警察吧，他們會在偵訊室裡慢慢聽你說。」

「我可不想被逮捕，我想在安全的狀態下吐露一切。」

換句話說，他不會讓我活著回去嗎？

他踩著沉重的步伐移動，龐大身軀的陰影看起來像是某種未知的怪物。他每踏出一步，這幢廢墟就隨之震動。他走近餐廳牆邊的櫃子，翻找抽屜內的東西。

「那個戴著蒙面頭套的男人是誰？」

「我在網路留言板上認識的。我問過他的名字，是個假名。我不知道他到底是什麼來歷，不過他以前曾犯下類似的罪行。他的屍體和車子一起處理掉了，手槍也一樣。」

「處理？」

「有個不會問你太多問題，只要付錢就能幫忙解決一切的地方。哦，有了，終於找到了。」

西園幸毅轉過身，粗胖的手指握著餐廳晚上會用的蠟燭，以及老舊的火柴盒。他將蠟燭放在桌上，摩擦起火柴。不知道是不是濕氣太重，試了好幾次都無法點燃。

「向小春道歉。」

「我對不起那個孩子。不過，那個孩子的父親並不是多善良的人，起碼在我眼中是這樣。」

火柴在摩擦的過程中折斷。他丟掉那根火柴，從火柴盒中取出另一根。然後，他將手電筒放在桌上，照著手邊。

「就算如此，也不構成殺害他的理由。」

「我知道，我的所作所爲是犯罪，是社會譴責的行爲。」

「請去自首吧。」

火柴又折斷了，他發出嘖一聲。

「人人都喜歡大哥，相反地，我卻醜陋無比。父母也偏心，寵愛大哥。說起來，下野小弟，你也有哥哥。你沒遇過這類不公平的情況嗎？」

他怎麼知道我有哥哥？中午用餐的時候，或許提過關於家人的話題，不過我完全不記得到底說過什麼。對他而言，可能只是幾小時之前，但對我來說，已是很久以前的事情。

西園幸毅的火柴終於燃起火苗。他小心翼翼地避免火苗熄滅，同時以火柴點燃蠟燭。蠟燭的火光和手電筒的燈光相比，雖然顯得非常微弱，卻是能讓人安心、帶著溫暖感覺的光。他心滿意足地繼續道：

「你和哥哥似乎感情很好，真令人羨慕。我總是看著大哥的臉色過日，具體情形就不提了，沒什麼意義。只有一件事……」

他隔著桌子與我相對坐下。蠟燭的火光從正面映上他的臉龐，將他的臉染成橘色。像大象一樣溫和的眼睛，帶著陶醉的神色望著火焰。

「午餐的時候，我說過有喜歡的對象，你還記得嗎？我一直沒告訴對方自己的心意。對方是非常可愛的女性，即使是我，她也能毫無差別地對待。她是大哥的下屬，明知我喜歡她，大哥還是和她發生關係，明明大哥已結婚，還生了女兒。最後她心理狀況失衡，回去老家，沒多久就自殺了。」

在鑽進窗玻璃裂縫的冷風吹拂下，蠟燭的火焰搖曳。映在牆壁上的巨大身軀的陰影隨之膨脹，籠罩整片牆壁和天花板。

「如何？你覺得這個故事是眞的嗎？說不定只是我隨口編的。」

我不知道。如果是眞的，我不禁有點同情。

儘管如此，依舊不構成他犯下二十年前的慘案的理由。

「現在換你。那一天，你爲什麼會出現在那裡？」

「有人在呼喚我……」

我的聲音緊張到顫抖。然而，我還是要將對話延續下去。只要繼續和他交談，他應該就不會拿刀對付我。他打算殺了我，才願意告訴我各種內情。一旦失去對話的理由，便輪到他手上的刀子登場。現在我能做的，就是盡量將那一刻往後推遲。

「小春在呼喚我，希望我去救她。她的祈禱傳達給我了。」

「祈禱？」

「你剛剛的喃喃自語中也提到神了吧？恐怕是她的祈禱跨越時間，引領我到她身邊。」

「怎麼可能……」

「我就是知道，那一天會在那裡發生慘劇。我無法阻止，但我能救出小春。」

西園幸毅拿手帕拭汗，另一手擱在桌下，想必是握著刀子。

我改變姿勢，歪著身子實在太難受。

「這樣啊。雖然難以置信，不過只能這麼解釋，畢竟你的登場本來就非常匪夷所思。唔，是那孩子的祈禱……」

我的意識飛越二十年的時空，說不定不是氣候異常，也不是被球打到頭的緣故，而是小春的祈禱引發的奇蹟。現在我也能相信這個想法。

如此超乎現實的現象，假使他神智正常，應該會嗤之以鼻，甚至勃然大怒。出乎意料，他卻表示理解。

「純粹的祈禱造就奇蹟，如果是這樣，也沒辦法。這種情況是可能發生的，畢竟我是浪漫主義者。不過，當中還是有難以理解的地方。為什麼你不直接把目睹的一切告訴大人？」

「我喪失記憶了，因為跌下山坡時撞到頭。直到這次被你綁架，我才終於想起來。」

他用手帕遮住臉，發出呻吟般的笑聲。我不明白到底有什麼好笑，但他的笑聲中充滿瘋狂。他碩大的身軀痙攣般顫抖，全身肥肉泛起波浪。

「太可笑了，我一直害怕你去報警，盡可能待在海外，以便逃離法網。我試著在不是祖國的土地上生活，每天心裡總是充滿不安，還曾為噩夢驚醒。沒想到，你居然不記得一切，我簡直像是在畏懼幻影。」

他的目光渙散，沒有焦點，一邊還呈眼皮半垂的狀態。或許是搖曳的燭火造成的陰影變化，導致我的錯覺。

「夠了，這一切都夠了，我終於能安然入睡。今後我不用再擔驚受怕地回日本。」

他一說完，就將握著刀子的手伸到桌上。嶄新的刀刃在火光的反射下閃閃發亮。得再說點什麼拖延時間，我不禁著急起來。

我還需要一點時間。雖然我不知道是需要幾分鐘，或是幾十秒。

「我有問題想問你。」

我不顧一切地開口。

「爲什麼你會知道，我就是二十年前的少年？我和你對上視線，應該只有短短瞬間。」

「是名字，結婚申請書上寫著你母親的名字。」

「我母親的名字？」

「你不是掉了皮夾嗎？裡面有你母親的駕照，我記得那個名字。」

他是指我貼在腹部的長夾嗎？我以爲掉在某處，原來是他撿走了。

「至今爲止的各種煎熬都浮現在我的腦海，我終於能從這份不安解脫。事隔二十年，我終於能安然入睡。」

龐大身軀的暗影緩緩站起，我渾身寒毛直豎。他的眼神黝深，往前踏出一步，朝我逼近。地板承受不住他的體重沉陷，隨著他的移動起伏。

得趕快想辦法爭取時間，就在我這麼想的時候，突然沒必要了。綁在背後的雙手上的塑膠繩終於割斷。

用來割斷繩子的玻璃碎片原本黏在我的鞋底，與對方交談的同時，我摸索著取下玻璃碎片，以碎片尖端抵著塑膠繩不停摩擦。至今爲止，這幢廢墟我來過好幾次，知道走廊上散落著玻璃碎片。多虧我從後車廂走到屋內途中，一直拖著腳移動，鞋底的口香糖才沒沾到其他東西。順利的話，或許能用我在公園踩到的口香糖，黏起玻璃碎片，加以利用。我將希望寄託在這一招，用力踏出腳步，成功贏得這個賭注。

西園幸毅沒注意到我已掙脫束縛，不斷逼近。我沒打算和拿著刀的他對峙，我該做的就是逃出這裡。只要全力奔跑，拉開和西園幸毅之間的距離，剩下的交給警方就好。長時間塞在後車廂內，導致我的膝蓋有點痛，但還不到跑不動的程度。

「東北大地震的時候，災情應該很嚴重吧。你的老家所在區域，想必也受到海嘯的襲擊。」

西園幸毅龐大的身軀繞過桌子，逐漸靠近。他的身形就像一座山。隨著嘴角變成微笑，臉頰隆起，燭火映出的陰影清晰地勾勒出他五官的輪廓。

「我去過你住的城鎮，遠遠地觀察你家。駕照上有登記住址，找過去簡直輕而易舉。我盤算著要殺掉你這個目擊證人，卻失敗了。我只試了那麼一次，之後就逃到國外。」

我沒能馬上理解他所說的內容。

「沒記錯的話，應該是在一九九九年的夏天……」

那一年發生的事情，我想忘都忘不了。

我恍然大悟，明白他到底幹了什麼好事。

一九九九

西園幸毅將車內的空調轉強，眺望著四周的田園風光，一邊開車。這是沿岸地帶從以前就有的住宅區。他找到目標地址，將車子停在稍遠一點的路肩。如果停得太久引起注意，再移動到別的地方。

副駕駛座上擱著女用長夾和駕照。一棟木造雙層房屋就位於「下野加奈子」駕照上登記的地址。幸毅拿望遠鏡確認門牌。過了一會，一名女性走出玄關，開始打掃。幸毅確認對方就是駕照的照片上的女性。

二樓窗邊晾著衣物，幸毅從衣物推斷，這一戶大概是夫婦加上兩個小孩的四人家庭。兩個小孩都是男生，大的應該是國中生或高中生，小的則是小學生，約莫有在打棒球。曬衣竿上的棒球隊制服隨風飄動。

在鎌倉和他四目相對的，就是這戶人家的小孩嗎？幸毅仍難以相信。住在宮城縣的少年，卻出現在神奈川鎌倉市，實在太匪夷所思。警方似乎也還沒查出少年的身分。

這戶人家的小孩叫什麼名字？只要問附近鄰居，應該就能知道，不過幸毅有些遲疑。

他肥胖的身軀太顯眼，還是盡量不要下車比較好。幸毅希望能避人耳目，在不留下任何印象的情況下，離開這個城鎮。

不久後，一名男生從屋子裡走出來，但不是幸毅要找的少年。他的身材比較高，頭髮也比較長，還戴著眼鏡。他似乎要出門，只見他從車庫牽出腳踏車，迅速離開。

又過了一段無聊的時間後，另一名男生走出屋子。一看就知道是幸毅要找的人。對方頂著符合棒球少年形象的平頭，看起來身手矯捷。他穿的不是棒球制服，大概是今天不用練習。或許是要到附近玩，少年跨上腳踏車離去。幸毅發動車子的引擎，悄悄尾隨在他的身後。

田園地帶有一處直線道的交叉路口，幸毅在那邊開車衝撞少年。他加速從後方撞上去，隨著車體傳來的輕微衝擊，少年的身軀和腳踏車一起飛了出去。少年的肩膀重重撞擊路面後，摔落在地。他死了嗎？幸毅緩緩開動車子，然後停在倒地的少年身旁進行確認。

少年看起來還活著，血液在路面緩緩擴散，放著不管也許就會喪命。怎麼辦？該再撞一次，確保他斷氣嗎？

說起來，有必要殺他嗎？

不，當然有必要。這名少年在那一天，看到了不該看的情景。這三個月之間，他沒通知警方，一定只是一時的想法，還是在他告訴別人之前封口比較好。只要他提供證詞，警方馬上會將嫌疑指向幸毅。

尖叫聲傳入耳中。有人在稍遠的水田中央耕作，被車子撞上少年的聲響引起注意，打算往這裡來。幸毅選擇逃離現場。

爲了盡量避免凹陷的車頭招來懷疑，幸毅事先調查過車流量比較少的道路。開車時，幸毅將一切都發洩在方向盤上。

若少年後來在救護車抵達前死去，問題就解決了。不過，照剛才的情況，幸毅覺得少年大概會得救。

該調查少年送去哪家醫院，追蹤他的傷勢嗎？

不，算了，幸毅只想儘早遠離這片土地。消除目擊者一事，他沒打算一試再試。他本來就決定只試一次，失敗便放棄。

幸毅將車子開到山間的冷僻餐廳附設的停車場，約好的業者已在等候。他將車子交給業者，開另一輛車回東京。他們是幸毅透過特殊管道簽約的汽車解體業者，不太可能會去通知警方，但還是不能過於放心……

二〇一九

「不久後，我就決定離開日本。我逃走了。」

西園幸毅又逼近一步，臉頰和腹部的贅肉上下晃動。他盯著我，露出心滿意足的表情。

「看來，你好像懂了。」

我感到血液從臉上褪去，腦袋一陣冰冷，不過這樣的感覺只有短短一瞬間。彷彿要撕裂胸口的情緒爆發，吼叫聲從身體深處湧出，現在是熾熱的怒意掌管了我的大腦。

我知道駕駛肇事逃逸，家人和警察神色凝重地提過。可是，我並未深入思考犯人的背景，因為意外是無法避免的命運。神明既然寫下劇本，該發生的事情就是會發生，我已放棄掙扎。然而，那場意外和二十年前的命案相關，我的肩膀損毀、被迫放棄棒球選手的夢想，並非神明的旨意，而是眼前這個男人的自私造成的結果。

我的身體行動了。我踢開椅子站起，揍向西園幸毅。我的右勾拳擊中他之前，他吃驚地睜大雙眼，注意到我的雙手已掙開束縛。

我的拳頭陷進對方包裹著厚厚脂肪的側臉。他的頭受到衝擊，甩著肥肉轉了半圈，完完全全吃下我出奇不意的一擊。

視野一隅有東西映照出蠟燭火光，他手中的刀子朝我的胸口一刺。我扭開身體，刀子割破我的衣服，劃過側腹。

西園幸毅退開半步，感受挨揍的部位傳來的疼痛，一邊瞪視著我。像大象一樣的溫和目光消失，他的眼角高高吊起，露出不屬於人類的眼神。齜牙咧嘴的表情讓他的臉頰堆起肥肉，雙眼只剩細細一條線。

我往前直衝，感受不到對刀子的恐懼。此刻，我腦中僅有沸騰的憤怒。

這傢伙是我的敵人。至今爲止，我都是爲了替小春的父母復仇而行動，但現在不是。眼前的人，是我窮盡一生也要追逼到底的敵人。

我拚上全身體重，想用肩膀撞倒他，把他壓在地上，卻只讓他微微一晃。他的龐大身軀輕易地承受我的體重，簡直形同和一頭巨大的牛對峙。

他的膝蓋搗進我的腹部，我頓時喘不過氣，動彈不得。

我感受到刀子的威脅，看見他投影在牆壁上的輪廓。我急忙低頭，鑽進桌子底下。他的手伸到桌下，試圖抓住我。我逃向另一邊，四周卻突然暗下來，似乎是蠟燭的火熄了。同時，我感受到桌子從頭上消失。桌子伴隨著巨大聲響，倒在一旁。西園幸毅抬開了桌子。

屋內一片漆黑，我在地上匍匐著與他拉開距離。這裡是餐廳與客廳相連的大房間，我朝以前沙發和電視所在的方向移動，重新調整態勢。

西園幸毅的龐大身軀與黑暗同化，不知位在何處。不過，對方也會有相同的困擾。原本放在桌上的手電筒，不知道滾到哪裡去了。

激烈動作後的呼吸難以平順，兩人的喘息聲在黑暗中響起。我將身體貼近客廳牆壁。我稍微冷靜了一點，現在應該先考慮怎麼活下來。

朝玄關移動，離開這裡。空手與西園幸毅對抗，性命堪憂。

我伸手在地板上摸索，找到疑似餐具碎片的東西。我抓起碎片，用力拋向客廳深處。碎片打到牆壁，發出響亮的聲音。

地板的吱嘎聲朝聲源處逐漸遠去，我得趁機行動。

我朝反方向移動。以我的體重，即使踏上地板，也不會發出聲響。只是，明明奪走我夢想的仇人就在面前，我卻只能束手無策地夾著尾巴撤退。儘管我剛才迎戰他，揍了他一拳，但遠遠不夠。

不知何時，雨已停歇，烏雲隨風飄散。

月光灑落，窗外微微亮了起來。我的雙眼漸漸習慣黑暗，隱約看得出屋內的情景。西園幸毅的龐大身軀，隱隱從昏暗的深處浮現輪廓，想來對方所見也是如此。我的身旁就是一片大玻璃窗，窗外變亮的話，我的身影應該十分清晰。

找到你了，我彷彿聽到他這麼說。

巨大的身影默默逼近，直接撞上準備逃走的我。他的衝勢帶著我們一起撞破玻璃，飛出窗外。

我摔進水坑，濺起一陣水花。玻璃碎片散落四周，眼前是放晴的夜空。剛才的撞擊讓我一時半刻爬不起身。

月光下，西園幸毅的龐然身軀邁出步伐。雖然步履踉蹌，但他似乎沒受什麼傷。他看向雙手，似乎在找什麼。原本他拿在手上的刀子不見蹤影，大概是在剛才撞破玻璃，摔到窗外的過程中弄掉了。

我發出呻吟，他立刻向前逼近，朝我伸在水坑中的左踝用力踩下。他將全身重量都壓在我的腳上。骨頭碎裂的瞬間，火花炸裂般的痛楚竄過腦袋。疼痛讓我幾乎失去意識。

「這樣你就不能逃走了。」

意識朦朧中，他的聲音彷彿隔了一層膜似地遙遠。

好可怕，我在泥巴上匍匐前行，試圖拉開距離。但他馬上繞到我的前頭，彎腰看著我。

「你想上哪裡去？」

我改變方向，爬離他所在之處。我感到暈眩，眼前的景色扭曲。我扒著下雨後泥濘的地面，試圖逃走，離恐懼的對象愈遠愈好。疼痛讓我的腦袋裡彷彿灌了融化的鐵般滾燙，感受得到耳朵的血管一跳一跳。

西園家的房子就在一旁，破裂的客廳窗邊是一路延伸的牆壁。我的臉頰蹭著泥水，像一條蟲在地面爬動。

他說的沒錯，我的腳哪裡都去不了。我逃不掉了。

西園幸毅從後方慢慢追上我，腳尖狠狠踹我斷掉的左踝。

我擠出肺中的每一分空氣，光是保持意識就費盡千辛萬苦。他似乎在說什麼，但我完全聽不到。

我不知何時流了鼻血，和泥水混在一起。西園幸毅一邊踢我，一邊對我說話。我無法回應，連他在說什麼都聽不懂。龐大身軀上的肥肉微微抖動，他從上方俯瞰著我。

我爬到西園家的外牆旁。牆下是混凝土製的地基。我沿著外牆爬行，找到空調的室外機。我將手伸進室外機與牆壁之間的縫隙，裡面積著一層雨後潮濕的塵土。

我抱持一絲期望——我將二十年前的案件資料讀得滾瓜爛熟，全部記在腦子裡。資料中完全沒提到那件事，不知道是警方的鑑識小組漏掉，或是找到但判斷和案件沒有關係，所以沒登記在資料上。不對，也可能是年幼的小春沒跟大人們說得那麼詳細。警方的現場鑑識應該會著重於屍體所在的周圍，這邊就漏掉了。如果是這樣，冰鑿應該還留在這裡。

以我的主觀意識來說，我還記得僅僅數小時前發生的事情。我在和犯人的打鬥中，失去了冰鑿。犯人將冰鑿丟到書房窗外，我眼睜睜看著冰鑿滾到一樓外牆的空調室外機上，掉進牆壁之間的縫隙。

有了，在室外機和牆壁的縫隙之間，我摸到棒狀的東西。即使過了二十年，冰鑿並未鏽蝕斷折，握柄上連著長長的尖刺。

我抽出手臂，轉向西園幸毅。我抬起上半身，接著扭身用冰鑿刺向他的腹部。冰鑿的尖端刺進圓滾滾的腹部，剛好是肚臍一帶的位置。雖然感受到些微抵抗，不過在體重的幫忙下，冰鑿一路刺了進去，只剩握柄留在他的體外。

時間彷彿靜止了，我抬起頭，只見他露出呆愣的表情。由於我還抓著握柄，看起來就像是我握拳抵著他的肚子。

他的表情猙獰，發出足以震破鼓膜的吼叫。我拔出冰鑿，西園幸毅摀住肚子，不停顫抖，似乎想吐。

他揮拳想要揍我，宛如岩石的拳頭帶著風揮向我的臉。要是吃了這一拳，我大概會立刻失去意識。

我單腳撐起身體，再次戳出冰鑿。姿勢不穩，我沒把握刺中，但冰鑿正中他的臉。

金屬硬邦邦的聲音響起，約莫是冰鑿的尖刺部分折斷。

他的拳頭擦過我的臉龐，我頓時鬆一口氣。不過，我的手中只剩冰鑿的握柄，我的掙扎大概也就到此爲止。

我筋疲力竭地倒下，完全沒力氣繼續反擊。

西園幸毅低頭俯視，跪在倒地的我身旁，絞緊我的脖子。我無力抵抗，只能任憑他的雙手逐漸收緊。

然而，沒過多久，他的雙手慢慢鬆開，一道鮮血從他的鼻孔緩緩流出。他的身體緩緩朝旁邊傾斜，最後伴隨著晃動的肥肉，倒在泥水中。事後聽說，冰鑿折斷的尖刺部分，從他的鼻孔一路刺進眼球後方，直達腦部。

序章
第一章
第二章
第三章
第四章
尾聲

序章
第一章
第二章
第三章
第四章
尾聲

二〇一九

少年揮棒的瞬間，發出「鏗」一聲，響徹藍空。棒球宛如被吸進雲端，飛向無垠高空。眞是一支令人心情舒暢的全壘打。壘包上的少年一一奔回本壘，擊出全壘打的少年則悠然繞場一圈。

擔任投手的少年低著頭，我忍不住將過去的自己重疊在他身上。還不太會打棒球的時候，我也曾像他一樣，遭對手擊出全壘打。

住院中的我嫌無聊，於是老哥幫我申請外出許可，推著輪椅帶我出來。我的左腳目前用硬邦邦的石膏固定著。我們在醫院內閒晃，一旁的小學操場剛好在進行少棒隊的練習賽，我們便隔著鐵絲網觀戰。

投手用三振擊退下一名打者。趁著攻守交換，老哥取出平板電腦。

「對了，你看。」

「我聽小春說過了，拜託你別幹這種事。」

螢幕上顯示出我和小春的照片，包括我們在噴水池旁談話的畫面、去晴空塔觀光的畫面，不過我完全沒有記憶。不對，應該是以我的主觀意識而言，這些事情太過久遠，記憶稀薄。畫面上雖然是現在的自己，體內卻是十一歲的自己。

「雖然隔著好一段距離，不過你的表情和動作，眞是一點也不鎭定。」

「我想也是，畢竟當時還小。」

照片中雪白絨毛飛舞著，我已開始對這幅景象心生懷念。如今社會大眾已不用擔心晾衣服時，衣服會沾附蒲公英。蒲公英大量出現的原因依然成謎。我不禁想像，或許上空某處有能夠跨越時空的隧道，蒲公英就是乘著風，從隧道的另一端飄來。

我操作平板電腦，發現我和小春雙唇相接的照片，立刻刪除。不過，看老哥沒半點驚慌，檔案大概已備份。

「小春可高興了，還拜託我備分給她。」

老哥說完，我們之間陷入短暫的沉默。

「眞希望小春能早日恢復活力……」

棒球「鏗」地一聲飛上高空，外野的男孩拔腿衝去接球。我將平板電腦還給老哥。少年們的身影十分耀眼，全力追逐棒球的模樣，光看著就讓人胸口湧起一股熱血。

「老哥。」

「怎麼？」

「我們賺了不少錢，獎勵時間已結束，你也知道差不多了吧？」

「我考慮把公司收起來，畢竟現在來到你的筆記本記載內容的範圍之外，沒辦法再像以前那樣無往不利，乾脆告一段落。那件事也談好了，接下來只剩簽約。」

我拜託老哥幫忙買東西，因爲需要辦理法律方面的手續，我請他代爲準備合約。我提供投資情報，讓老哥大賺一筆，除了爲東北大地震做準備，另一個目的也許就是這件事。

我買下電影《蒲公英女孩》的所有權。小春父親死後，電影和公司落到他人手中。我想將電影買回來，送給小春當禮物，畢竟，這部電影是她父母參與製作的重要作品。

「老哥，謝謝你。」

和握有所有權的公司洽談一定很麻煩。西園幸毅對他的兄長滿心憎恨，我對哥哥則充滿感謝。

「小事啦。對了，我差點忘記你的手表。」

「手表？」

我毫無頭緒，直到老哥從外套口袋拿出眼熟的手表。

「哦，是我被搶走的手表。」

十月二十一日，坐在長椅上的我遭人從後方毆打頭部。根據小春的回報，下手的是三名年輕人。他們搶走我的皮夾和手表後逃之夭夭。這件事成爲我的意識飛越回少年時代的契機。

「手表找回來了。」

「我沒想到還能找回來。」

由於事先知道皮夾和手表會被搶走，我一開始就戴便宜貨。

「皮夾本身還下落不明，手表倒是在市內的當鋪找到了。目前透過店內的監視紀錄，鎖定其中一名年輕人。過不了多久，應該就能查出那三人的身分，後續就交給警方吧。」

我戴上一度被搶走的手表。雖然是便宜貨，不過銀色厚重的表身，乍看之下頗有高級感。戴在手上，感受得到冰涼的金屬觸感和重量。

我將手表抵在耳邊，傳來秒針刻畫時間的聲音。時間以規律固定的速度，毫不停滯地從過去流動到未來，一如正常的時間前進方式。

觀測到的時間結束，我的人生回歸正常的時間軌道。我聆聽著秒針的轉動聲，腦中浮現人生的數個瞬間。

十一歲的時候，我在短短一日內，瞥見二十年後的未來。我遇見西園小春，爲了右肩受傷感到絕望，並得知自己將會成爲父親。

我回到原本的時代，老哥參考寫著有利情報的筆記，著手進行投資。

我和西園小春重逢後，爲了查明命案眞凶擬訂計畫。

一切感覺如此短暫，又如此漫長。

「接下來，你打算怎麼辦？」

「當然是復健啊。」

「那倒也是。」

投手擲出的棒球，發出清脆的聲響，落入捕手的手套中。裁判宣布結果，比賽結束。

奪走西園幸毅性命的行爲，被法官視爲正當防衛，可是我仍不時夢到當晚的情景，從床上彈坐而起。我往往全身冒著汗醒來，心臟跳得飛快。警方頻繁地來到病房，詢問事情經過。警方問話期間，小春都待在走廊上。

最近她常常露出煩惱的表情。她無法為了真相大白開心，深信不疑的家人的背叛，對她造成沉重的打擊。此外，自從我住院，她就一直陪在我身邊，應該相當疲倦。我還得特意要求她回家休息，安撫她不需要一直守著我。

我姑且沒告訴她，西園幸毅的動機可能是源於她父親的所作所為。小春非常仰慕父親，我擔心告訴她這件事，會影響她的精神狀態。過一段時間之後，我打算將一切都告訴她，但應該不急於一時。

那天晚上，是小春聯絡警方和救護車。她已找了我好幾個小時。老哥拍的照片給了她靈感，發現叔叔也在運動公園的她，不停打電話，想要聯絡叔叔。然而，西園幸毅無視她的來電，將手機留在租來的車內。

見西園幸毅沉進水坑不再動彈，我雖然幾近昏迷，仍注意到車上隱約傳出來電鈴聲。我努力爬到車旁，找到手機，看到液晶螢幕上顯示著小春的名字。我的記憶到此為止，之後都是一片模糊。我似乎按下通話鍵，對電話另一頭說自己在鎌倉，就失去了意識。

她想必很吃驚，叔叔的電話好不容易打通，接起電話的卻是彷彿快斷氣的我。

我被緊急送到鎌倉市的醫院。狀態稍微恢復之後，我向她說明發生的事情。剛開始她直說一定有什麼誤會，最終她還是相信了一切。

我能用拐杖行走後，便請西園小春陪我到醫院的頂樓。這天風特別強，晾在竿上的白色床單隨風翻飛。

醫院蓋在山坡上，能將山腳的城鎮一覽無遺。我靠在頂樓邊緣的圍欄上，讓身體休息。左腳的石膏非常沉重，於是我擱在地面。只要不撞到就不會痛。

「蓮司。」

「嗯？」

小春從皮包中取出一張紙，是結婚申請書，上面寫著我們的名字。證人欄已填好，正是在高級餐廳交給西園幸毅的那一張。

她緩緩撕掉結婚申請書。

「小春小姐？」

我平常都直接叫她的名字，但由於太吃驚，情不自禁加上「小姐」。她繼續將結婚申請書撕成更小的碎片。

也是，證人欄是殺人案的嫌犯姓名，或許是個問題，感覺不大吉利。不對，更重要的是他已死亡，以申請書來說，是否有問題？提交給政府機關，他們搞不好不會受理。所以就算小春撕掉，也無所謂吧。

「最近我一直在想是不是該這麼做。」

她從頂樓撒下紙片。碎紙被風捲走，帶向天際，逐漸消失不見。

小春露出泫然欲泣的神情，轉頭注視著我。

「對不起，至今爲止一直給你添麻煩。就連你會遇上車禍，也是我的緣故。每當想起這件事，我就內疚得不得了。」

「那不是小春的錯。」

「如果不來救我，蓮司說不定就能繼續打棒球。」

開車撞我的犯人是西園幸毅，我告訴她這件事，所以她才會陷入苦惱。

「其實，蓮司，我想過要從你面前消失。」

「咦，消失？那孩子呢？」

我望向她的肚子。雖說懷孕，不過肚子還沒隆起。

風撩亂她的髮絲，幾綹髮絲貼上她的臉頰。

「我想過生下來，一個人撫養小孩，不過恐怕會造成蓮司的困擾。親生骨肉活在世上的某處，你一定不希望變成這樣吧？所以，我想還是不要生下來比較好，也就是去做人工流產。」

聽說懷孕不到二十二週，的確可施行人工流產。不過，我一直以爲那是和我們沒有關係的選項。

此刻她的肚子裡，有我們還是胎兒狀態的孩子。我一直以爲孩子會健健康康地生下來，她卻說決定拿掉孩子。她的這個決定，代表我們的孩子會死。

我表現出冷靜的模樣，其實內心方寸大亂。

我在十一歲窺見未來一角，得知自己將來會成爲父親。儘管一開始充滿不安，但隨著年歲增長，我的想法轉變成喜悅。

未曾謀面的孩子，象徵著還沒見過的未來。

「現在我能以自身的意志選擇未來。那些經過觀測的時間都結束了，所以我也能選擇不生下孩子，和你走上不同的道路。」

小春顯得十分憔悴。雖說是懷孕期間，但她看起來比以前都消瘦。

看過未來的我，一直以爲知道結婚對象是誰，以及擁有小孩的時間點。甚至還曾爲自己的未來被擅自決定，而感到彆屈。

然而，沒想到過了觀測的時間，一切竟如此輕易地崩壞。

我曾感到不安，因爲我不確定是否眞心愛著名爲西園小春的女性。我怕和她成爲戀愛關係，並非出自我眞實的情感，只是遵循神明的劇本。

假使不論自身有什麼想法，最終都會發展成觀測到的未來，我懷疑和她成爲戀人的自己是否抱持眞心。

不過，我已不再懷疑。我充滿信心地搖了搖頭。

「不，還沒結束。經過觀測的時間仍在持續。」

她詫異地看著我。

「雖然我沒提過，但不可思議的現象依然持續著。儘管不是意識往返過去與未來之間的程度，不過，只要我閉上眼睛便隱約能看到未來。說不定，這就是所謂的預知能力。」

「你是騙人的吧？」

「我沒撒謊。妳看，就像這樣。」

我閉上雙眼，視野被眼皮遮蔽，變成一片黑暗。

我集中意識，凝視著黑暗彼端。

「唔，我漸漸能看到什麼了。剛開始是一片模糊，但輪廓愈來愈清晰。只要這樣，就能看到稍微近一點的未來。要說是怎樣的未來，是我和小春坐在沙發上看電視，但不只兩人，我們之間還有一個小不點。我們大概已成家，小不點搞不好會繼續增加，但我還看不清楚。我不知道是男孩或女孩，不過我們一定會是非常幸福的家庭。畢竟我的眼中，看得到美好的未來。」

也許每個人都有這種能力。

只要閉上雙眼，想像自己期望的未來，就能夠成眞。

我們會得到幸福，一同構築三人家庭。

只要抱著強烈的念頭，說出口就好。世界一定會朝祈望的方向前進。

在尚未觀測的未來，任何事都可能發生。我們希冀的世界一定會到來。

我小心翼翼地睜開眼睛。

小春正捂著臉，流下眼淚。

（全文完）

NIL 34／蒲公英少女（經典回歸版）

原著書名／ダンデライオン
原出版者／小學館
作　者／中田永一
翻　譯／鍾雨璇
責任編輯／詹凱婷、陳盈竹
編輯總監／劉麗真
總 經 理／陳逸瑛
榮譽社長／詹宏志
發 行 人／涂玉雲
出 版 社／獨步文化
115台北市南港區昆陽街16號4樓
電話：886-2-25000888　傳真：886-2-2500-1951
發　　行：英屬蓋曼群島商家庭傳媒股份有限公司城邦分公司
115台北市南港區昆陽街16號8樓
客服專線：02-25007718；25007719
24小時傳真專線：02-25001990；25001991
服務時間：週一至週五上午09:30-12:00；下午13:30-17:00
劃撥帳號：19863813　戶名：書虫股份有限公司
讀者服務信箱：service@readingclub.com.tw
城邦網址：http://www.cite.com.tw
香港發行所：城邦（香港）出版集團有限公司
香港九龍土瓜灣土瓜灣道86號順聯工業大廈6樓A室
電話：852-25086231　傳真：852-25789337
電子信箱：hkcite@biznetvigator.com
馬新發行所／城邦（馬新）出版集團
Cite（M）Sdn. Bhd.（458372U）
41, Jalan Radin Anum, Bandar Baru Seri Petaling,
57000 Kuala Lumpur, Malaysia.
電話：+6(03)-90563833　傳真：+6(03)-90576622
電子信箱：services@cite.my

封面插圖／Kevin
封面設計／高偉哲
排　版／游淑萍
印　刷／中原造像股份有限公司
●2025（民114）3月二版
售價320元
DANDELION by Eiichi NAKATA

Traditional Chinese (in complex characters) translation rights arranged with SHOGAKUKAN, through Bardon-Chinese Media Agency.

ISBN 9786267609248（EPUB）
ISBN 9786267609255（平裝）

國家圖書館出版品預行編目資料

蒲公英少女 / 中田永一著；鍾雨璇譯．–二版．– 台北市：獨步文化，城邦文化出版：家庭傳媒城邦分公司發行，民114.03
面；公分. --（NIL；34）
譯自：ダンデライオン
ISBN 9786267609248（EPUB）
ISBN 9786267609255（平裝）
861.57　　108023348